Miriam Baldauf
Franklin Academy - Zeitmagie

Über die Autorin:

Miriam Baldauf liebt Bücher und spannende Geschichten, bei denen auch die Romantik nicht zu kurz kommen darf. Vor allem Mehrteiler und Serien haben es ihr angetan, weil sie liebgewonnene Charaktere gerne lange begleitet. Deshalb wird ihr Erstlingswerk auch eine Buchserie rund um die siebzehnjährige Zoe, die sich nach mehr Taschengeld und weniger strengen Eltern sehnt, als ein außergewöhnliches Talent ihre Welt aus den Angeln hebt ...

Infos gibt es unter:

- facebook.com/AutorinMiriamBaldauf
- instagram.com @ miriambaldauf_autorin

oder per Mail unter: mbaldauf.autorin@gmail.com

Bisherige Veröffentlichungen:

- Franklin Academy Serie Band 1

MIRIAM BALDAUF

FRANKLIN ACADEMY

ZEITMAGIE

EPISODE 1

ROSENROT
VERLAG

Rosenrot Verlag
Große Geschichten in kleinem Format

Erstausgabe

1. Auflage
Lektorat: Maria Nitzl
Coverdesign: Juliane Schneeweiss
Gebäude © depositphotos.com/yustus
Uhr © depositphotos.com/yahoo213
Rahmen © depositphotos.com/tatashat
ISBN-13: 978-3-98811-004-6

Non exiguum temporis habemus, sed multum perdidimus.

»Es ist nicht wenig Zeit, die wir haben,
sondern es ist viel Zeit, die wir nicht nützen.«
- Lucius Annaeus Seneca -

Kapitel 1

Wie immer, wenn ich bei Gabrielle mitfuhr, umklammerte ich nervös meinen Sitz, denn sie raste wie eine Irre. Für die Strecke nach Ann Arbor brauchten andere vierzig Minuten, Gabrielle höchstens dreißig.

Wir schossen bei Tieforange über eine Ampel.

»Wenn mal jemand meinen Fluchtwagen fahren muss, bist du das«, murmelte ich und kniff die Augen zusammen.

»Es wird mir eine Ehre sein«, sagte Gabrielle und drückte das Gaspedal durch. Ihr alter BMW röhrte und mein Magen zog sich zusammen.

Ich durfte mich nicht beschweren, immerhin hatte sie als Einzige von uns dreien überhaupt ein eigenes Auto: einen kleinen, ausrangierten Firmenwagen ihres Vaters, den sie letztes Jahr zum sechzehnten Geburtstag bekommen hatte. Alles, was ich besaß, war ein rostiges Fahrrad, und das hatte vorher meinem großen Bruder gehört.

Ich schielte auf die Uhr. »Wir sind doch rechtzeitig zurück, oder? Meine Eltern dürfen das nicht erfahren.«

»Krieg dich ein, Angsthase«, sagte Gabrielle, während sie sich an einem LKW vorbeidrängte. »Du bist rechtzeitig zurück. Ich fahre dich nachher nach Hause und du tust so, als wärst du mit dem Schulbus gekommen.«

Gabrielle Gutierrez und ich waren Gegenteile - sie klein und kurvig, ich groß und dünn, sie voller verrückter Ideen und ich mit dem Ärger dafür. Trotzdem waren wir beste Freundinnen. Heute hatte sie vorgeschlagen, die Doppelstunde Amerikanische Geschichte zu schwänzen, aber ich musste zugeben, dass Lucas und ich uns nicht besonders zur Wehr gesetzt hatten. Mrs. Nguyens Kurs war stinklangweilig und sie kontrollierte nie die Anwesenheit.

»Habt ihr schon das Neueste gehört?«

Gabrielle gab sich Mühe, gleichgültig zu klingen, und hätte damit auch die meisten getäuscht, aber ich kannte sie zu gut, als dass mir das aufgeregte Zittern in ihrer Stimme entgangen wäre.

»Charisse und John haben sich getrennt.«

Ich sah überrascht auf.

»Was? Wann?«

»Am Wochenende. Es heißt, sie hat ihn mit einem Kerl aus dem Hockeyteam betrogen.«

Sie schaffte es nicht ganz, ihre Freude aus der Stimme zu verbannen. Gabrielle stand schon ewig auf John.

»Echt?«, fragte ich. »Mit wem?«

»Keine Ahnung, vielleicht diesem Neuen? Ist ja auch egal, jedenfalls sind sie nicht mehr zusammen. Es ist offiziell, sie hat es auf Instagram verkündet.«

»Wow.« Das musste ich erst mal in meinen Kopf kriegen.

Charisse und John waren eine Institution an unserer Schule. Sie waren schon ewig zusammen. Er Footballspieler, sie Cheerleaderin: ein lebendes Klischee.

»Kannst du nicht langsamer fahren?«, jammerte Lucas von hinten. »Mir wird gleich schlecht.«

Ich drehte mich besorgt zu ihm um. Er kauerte auf der Rückbank und war tatsächlich grün um die Nase, was sich mit seinen roten Haaren biss.

»Dich kann man nirgends mit hinnehmen!«, beschwerte sich Gabrielle.

Ich zog die Augenbrauen hoch und sie verdrehte genervt die Augen, aber ging ein wenig vom Gaspedal.

»Wehe, du kotzt in mein Auto!«

Wir parkten in einer Seitenstraße der North Main Street. Lucas hielt sich am Türrahmen fest, als er mit wackeligen Beinen aus dem Wagen stieg und erleichtert den kühlen Wind einatmete. Ende April war es oft noch kalt in Michigan, auch wenn die ersten Strahlen der Frühlingssonne schon wärmten.

Gabrielle hakte sich bei mir unter, während wir durch die Straßen streiften und sehnsüchtige Blicke in hell erleuchtete Schaufenster warfen, für deren Auslagen unser Taschengeld sowieso nicht reichte.

Ich liebte es, für ein paar Stunden unserer verschlafenen Kleinstadt zu entkommen. In den belebten Straßen zwischen Geschäften und Restaurants fühlte ich mich lebendig und ich saugte die Bilder auf, um sie später in meinem Skizzenbuch zu verarbeiten. Am liebsten wäre ich sofort aus unserem Kaff geflohen, aber das wollte ich meinen Eltern nicht antun. Im Gegensatz zu meinem Bruder.

Regen setzte ein und wir flüchteten in einen kleinen Coffee Shop.

»Meine Hände sind Eiszapfen«, klagte Lucas.

Gabrielle bestellte uns zum Aufwärmen heiße Schokolade und Käsekuchen, während der Regen immer stärker gegen das Schaufenster trommelte. Schweren Herzens reichte ich ihr die Scheine.

Damit war mein Taschengeld für diesen Monat aufgebraucht.

»Ich freue mich so auf New York!«, schwärmte Lucas mit vollem Mund. »Wird es nicht toll, wenn wir dort wohnen? Der Käsekuchen da soll der beste der Welt sein.«

»Und wahrscheinlich der teuerste«, seufzte ich und stopfte den Geldbeutel zurück in die Tasche.

Gabrielle und ich träumten schon ewig davon, nach der High School eine WG in New York zu gründen, und als Lucas aus Kanada hergezogen war, wurde er der Dritte in unserem Bunde. Meine Eltern hielten nichts davon, was für eine Überraschung. Sie hassten Großstädte.

Gabrielle trommelte mit ihrem Löffel auf den Tisch.

»Okay, Leute, konzentriert euch. Wie mache ich John Wheeler klar?«

»Meinst du nicht, er braucht etwas Zeit, um über Charisse hinweg zu kommen?«, gab ich zu bedenken.

Gabrielle rollte die Augen in meine Richtung.

»Inakzeptabel. Lucas, hast du Ideen?«

»Was ist mit Taylors Geburtstagsparty am Samstag?«

Gabrielles Miene hellte sich auf.

»Ist das dieses Wochenende?«

»Jap.«

»Oh, mein Gott, du bist ein Genie! Gedimmtes Licht, Erdbeerbowle, das richtige Kleid - genial. Zoe, kommst du auch?«

Ich schlürfte die Reste der Schokolade. Dieser süße, klebrige Rest am Boden war doch immer das Beste. Ich hatte meine Eltern noch nicht gefragt, war aber sicher, dass sie mich gehen lassen würden.

»Klar.«

Ich hatte Lucas großzügig den Beifahrersitz überlassen und es mir auf der Rückbank bequem gemacht, wo mich die Heizung angenehm anblies. Lucas und Gabrielle stritten über ihren Fahrstil, als ich in einer Kurve einen Ruck spürte, ein Ziehen im Magen wie bei einer Achterbahnfahrt, und plötzlich im Freien stand. Hektisch sah ich mich um.

Wo war ich?

Es war Nacht und meine Augen gewöhnten sich nur langsam an die plötzliche Dunkelheit. Ich stand auf einer hohen Wiese vor einem Haus, dessen Fenster hell erleuchtet waren. Laute Musik und fröhliche Stimmen drangen heraus. Ein schmaler, von Fackeln beleuchteter Kiesweg führte zur Haustür. Der kalte Abendwind ließ die Flammen tanzen und rauschte in den Bäumen rings herum, und ich bereute es, dass ich im warmen Auto meine Jacke ausgezogen hatte.

Was war hier los?

Mein erster Impuls war, nach meinen Freunden zu rufen, doch ich schloss den Mund. Ich wusste schließlich nicht, in wessen Garten ich hier stand. Vielleicht hatten die Besitzer einen fiesen Wachhund. Besser, ich verschwand unbemerkt von diesem fremden Grundstück und ... Ja, was dann? Was tat man, wenn man völlig unvermittelt an einen fremden Ort geschleudert wurde?

Es raschelte im Gebüsch und ich fuhr mit klopfendem Herzen herum. Heraus platzte zum Glück kein bissiger Köter, sondern zwei zerzauste Teenager. Sie sahen kaum älter aus als ich. Der Junge hatte Blätter in seinen strubbeligen Haaren, das Mädchen Zweige auf ihrer Bluse, die halb offen stand. Sie stolperte über ihre eigenen Füße und bekam einen Lachanfall. Er fing sie auf, nahm ihre Hand und zog sie mit sich. Ohne mich zu beachten, torkelten sie kichernd auf das Haus zu.

Bei näherem Hinsehen kam es mir nun doch bekannt vor: War das nicht Taylor Shepherds Haus? Jetzt erkannte ich das Holzgeländer der Veranda. Ich war im Herbst zu seiner Halloweenfeier hier gewesen, in einem Last-Minute-Kostüm mit Fundstücken aus dem Kleiderschrank von Gabrielles Mutter. Taylor war ein ziemlicher Vollpfosten, aber seine Partys waren legendär und er lud immer die ganze Jahrgangsstufe ein.

Ich war sicher, dass Lucas nach zu viel Bowle in genau den Busch gefallen war, aus dem die zwei betrunkenen Turteltauben gerade gekommen waren.

Was machte ich plötzlich in Taylor Shepherds Vorgarten?

Der kalte Wind trieb mich zu einer Entscheidung. Wahrscheinlich fiel ich unter den ganzen Partygästen sowieso nicht auf und der Gedanke an das warme Haus war einfach zu verlockend. Ich stapfte gerade los, als die Haustür aufflog und eine Gruppe Jugendlicher herausströmte. Ich duckte mich in den Schatten eines Strauchs. Erst jetzt fiel mir auf, dass die Musik verstummt war. Leute kreischten und es schepperte und klirrte, als wäre etwas Großes zu Bruch gegangen. Noch mehr Gäste rannten panisch heraus.

»Wie konntest du nur! Ich dachte, du bist meine Freundin!«

Ich zuckte zusammen. Diese Stimme kam mir bekannt vor.

Einer der Umstehenden trat zur Seite und ich hatte freien Blick auf die beiden Raufbolde, die sich am Fuß der Treppe im trockenen Gras wälzten. Ich schnappte nach Luft.

Die eine war Gabrielle, unverkennbar mit ihren schwarzen Locken, die in alle Richtungen von ihrem

Kopf abstanden. Sie schien außer sich vor Wut. Die andere, in deren Richtung sie gerade drohend ihre Fäuste schwenkte, war groß und blass und ... Mir wurde schwindelig. Das war ich. *Ich* prügelte mich mit Gabrielle Gutierrez, meiner besten Freundin seit dem Kindergarten, vor den Augen der halben Schule! Also, eigentlich nicht ich, *ich* stand ja hier und sah fassungslos zu, und doch bestand kein Zweifel: Das waren meine blonden Haare, an denen Gabrielle gerade wütend zog, meine Lieblingsjeans, die da im Matsch aufklatschte, als Gabrielle sich auf ihr Gegenüber warf und beide zu Boden gingen.

Ich keuchte. Mein Zwilling schaute herüber und unsere Blicke trafen sich. Sie starrte mich mit aufgerissenen Augen an. Gabrielle nutzte die Ablenkung, um ihr einen Kinnhaken zu verpassen, und sie stolperte rückwärts über eine Fackel am Wegrand.

Es geschah wie in Zeitlupe. Ich war zu weit weg, konnte es nicht verhindern. Innerhalb von Sekunden fing der Rasen Feuer. Halm um Halm loderte auf und bald brannte der gesamte Vorgarten. Die Flammen krochen unaufhaltsam in Richtung des Hauses und tauchten die Gesichter der erschrockenen Menge in orange-rotes Licht. Jemand schrie.

Es war so schnell vorbei, wie es begonnen hatte. Ich saß wieder im BMW, zurück auf dem weichen, grauen Polster, das nach Zigaretten roch. Mein Herz klopfte bis zum Hals und mir war schwindelig und schlecht. Meine Finger zitterten und ich hatte den Geruch von Sommerwiesen und Fackeln in der Nase.

Was war da eben passiert? Verlor ich den Verstand?

Gabrielle und Lucas hatten nichts mitbekommen und stritten noch immer.

»Hier ist achtzig und du fährst mindestens hundert!«

»Du steigst gleich aus und läufst, wenn du weiter meckerst!«

»Zoe, sag doch auch mal was!«

Beide drehten sich zu mir um und sahen mich in der Hoffnung an, ich würde mich auf ihre Seite schlagen. Ich lehnte die Stirn gegen die kühle Scheibe und atmete tief durch die Nase ein und aus. Langsam beruhigte sich mein trommelnder Herzschlag. Ich war in Gabrielles warmem Auto, hier gab es keine Prügelei und kein Feuer. Ich hatte mir das nur eingebildet.

»Siehst du, ihr ist auch schlecht von deiner Raserei«, warf Lucas ihr vor.

»Quatsch, sie ärgert sich nur, dass du sie aufgeweckt hast«, widersprach Gabrielle.

Wir bogen um die Kurve und hielten in der Einfahrt vor meinem Haus. Ich rieb mir die Augen. Waren wir nicht gerade erst losgefahren?

Erleichterung machte sich in mir breit. Dass ich nicht gleich darauf gekommen war! Es hatte sich so echt angefühlt, die glühende Hitze der Flammen, der beißende Geruch von Feuer, dabei war es nur ein Traum gewesen.

Ich sehnte mich nach meinem Zimmer und lauter Musik, um die furchtbaren Bilder schnell zu vergessen. Meine Eltern sahen das leider anders. Als ich die Haustür aufsperrte und in den Flur trat, kamen sie schon aus der Küche gestürzt und bauten sich vor mir auf. Sie sahen wütend aus.

»Zoe! Wo warst du? Warum kommst du so spät?«

Oh, oh. Wir hatten nicht auf die Zeit geachtet. Warum mussten meine Eltern aber auch immer so unentspannt sein? Gabrielle und Lucas bekamen nie Ärger.

Um Zeit zu gewinnen, hängte ich meine Jacke an die Garderobe, ganz ordentlich an der Schlaufe statt an der Kapuze. So wie Mom es immer forderte. Vielleicht besänftigte sie das etwas?

Nein, tat es nicht.

Als ich mich zu ihr umdrehte, hatte sie noch immer die Arme in die Hüften gestemmt und ein gefährliches Blitzen in den Augen.

Eigentlich hatte ich mit diesem seltsamen Albtraum genug Aufregung für heute gehabt. Ich spürte, wie es in meiner Schläfe pochte und sich Kopfschmerzen anbahnten.

»Daddy wollte dich von der Schule abholen und du warst nicht da«, begann Mom.

»Wieso wolltest du mich von der Schule abholen?«, fragte ich erstaunt.

»Es hat geregnet und ich war in der Gegend. Ich dachte, du freust dich, wenn du bei dem Mistwetter ein Taxi hast. Ist ja auch egal, der Punkt ist, ich war da und du nicht.«

»Du musst mich übersehen haben. Vielleicht warst du am falschen Tor ...«

Ich verstummte unter seinem funkelnden Blick. Ich war eine miese Lügnerin und es war sowieso keine gute Ausrede.

»Ich habe deine Klassenkameraden gefragt und die haben gesagt, sie haben dich seit der Pause nicht mehr gesehen!«

Was für Verräter!

Wo blieb ihr Kameradschaftsgeist, die unausgesprochene Vereinbarung, dass man einander vor den Eltern deckt?

»Zoe Ann Marlow, hast du heute die Schule geschwänzt?«

Im Ernst, Eltern vergaben diese Zweitnamen doch nur, damit sie eindrucksvoller schimpfen konnten. Ich duckte mich unter Moms wütendem Blick.

»Ich ... Das war keine Absicht. Wir dachten, Geschichte fällt aus, da waren wir einen Kaffee trinken ...«

»Unsinn!«, rief Mom verärgert. »Ihr wusstet genau, dass Geschichte nicht ausfällt! Zoe, was ist nur los mit dir?«

Sie hörten gar nicht mehr auf. Meine Eltern schrien uns nie an, wenn sie sauer waren, aber es fiel mehrmals „so enttäuscht von dir", was noch schlimmer war, weil ich mich davon mies fühlte und ein schlechtes Gewissen bekam. Mein Kopf dröhnte. Ich musste mich am Schuhschrank festhalten, um nicht umzukippen. Was machten sie denn jetzt so einen Aufriss wegen ein paar verpasster Schulstunden? Wieso konnten sie mich nicht in Ruhe lassen?

Irgendwann war es still, sie waren wohl fertig.

»Hast du das verstanden, Zoe?«, fragte Dad eindringlich.

Was verstanden?

»Ja«, murmelte ich.

Es schien die richtige Antwort zu sein, Mom und Dad nickten zufrieden.

Ich bekam eine Woche Hausarrest und wurde zum Nachdenken in mein Zimmer geschickt. Erschöpft taumelte ich die Treppe hinauf unters Dach und warf mich auf mein Bett, unfähig, auch nur meine Schuhe auszuziehen. Ich hoffte, so etwas Seltsames wie heute würde mir nie wieder passieren.

Kapitel 2

Ich zeichnete in meinem Notizbuch, während meine Schwester Jonie auf dem abgewetzten Teppichboden lag und Shakespeare herunterratterte. Es war ihr zweites Jahr in der Schultheatergruppe, aber das erste mit einer Sprechrolle, nachdem sie letztes Mal nur als Laubbaum danebengestanden hatte, als Lysander Helena seine Liebe gestand. Sie war wahnsinnig aufgeregt und zwang mich, sie jeden Abend ihren Text abzuhören, obwohl es bis zur Aufführung noch acht Wochen waren. Ich hätte es nicht mitgemacht, wenn ich nicht dank Hausarrest sowieso nichts Besseres zu tun gehabt hätte.

Die ersten warmen Sonnenstrahlen des Jahres fielen durch das Dachfenster und kitzelten meine Nase mit dem Versprechen, mein winziges Zimmer schon bald in einen stickigen Backofen zu verwandeln. Leise Stimmen aus dem Erdgeschoss verrieten, dass Dad von der Arbeit zurück war, und ich erwartete, dass Mom uns jeden Moment zum Abendessen rufen würde.

Hoffentlich nicht schon wieder Kartoffeln! Stattdessen stand sie plötzlich in meiner Zimmertür. Es war ein merkwürdiger und seltener Anblick. Sie musste den Kopf einziehen, um ihn nicht an der morschen Dachschräge zu stoßen.

Alle in meiner Familie waren Riesen. Ich war das größte Mädchen im Junior Year und auch von den anderen Klassen war höchstens Marcie Thomas ein paar Zentimeter größer als ich. Sie leitete das Mädchen-Basketballteam und bedrängte mich ständig, zum Probetraining vorbeizukommen. Als ob ich ein derart wandelndes Klischee sein wollte. Die Jungs in der Schule machten schon genug dumme Kommentare. Selbst Jonie mit ihren zwölf Jahren stieß inzwischen an den meisten Stellen meines Zimmers an die Holzdecke. Es hatte aber auch etwas Gutes. Hier oben hatte ich fast immer meine Ruhe.

»Zoe? Da ist etwas für dich gekommen.«

»Mom! Kannst du nicht klopfen?«, beschwerte sich Jonie und rollte auf den Bauch. »Jetzt habe ich den Faden verloren!«

»Auf die Stunde genau kann ich ihr Alter sagen«, zitierte ich. Ich kannte den Text inzwischen genauso auswendig wie sie.

»Nein, das kann nicht sein. Zeig mal her.«

Jonie riss das Skript an sich und blätterte darin.

Mom reichte mir einen Brief. Der Umschlag war elfenbeinfarben, schwer und dick, meine Adresse darauf mit dunkelblauer Tinte geschrieben. Die elegante Handschrift war mir fremd. Überhaupt bekam ich nie Post. Wer schrieb denn heutzutage noch Briefe? Neugierig drehte ich ihn um und sah auf der Rückseite ein magentarotes Wachssiegel. Erst auf den zweiten Blick fiel mir auf, dass es bereits gebrochen war.

»Mom, hast du den etwa gelesen?«, fragte ich empört.

»Entschuldige, Schatz, ich war einfach so neugierig«, gestand sie kleinlaut. Sie hatte immerhin den Anstand, auf ihre Unterlippe zu beißen und schuldig dreinzublicken, was sie auch sollte, schließlich war die Verletzung des Briefgeheimnisses ein Straftatbestand.

»Na komm, jetzt lies ihn.«

»Offenbar hast du das ja schon für mich übernommen.«

Ich fuhr über das exquisite Wachssiegel. Es fühlte sich hart unter meinen Fingern an. Bei näherem Hinsehen erkannte ich darin ein Wappen: verschnörkelte Zahlen, die geschwungenen Zeiger einer antiken Uhr, eine winzige, lateinische Inschrift.

»Er ist von der Franklin Academy!«, platzte Mom heraus. »Sie bieten dir einen Platz an!«

Ich kannte die Franklin Academy nur vom Namen. Das war eine renommierte, unverschämt teure Privatschule am anderen Ende der Stadt, so ein schickes Internat für Bonzen-Kinder. Was wollten *die* denn von *mir*?

»Was?!«

Jonie ließ ihr Heft fallen und wollte mir den Brief aus der Hand reißen, aber ich hielt ihn höher. Vielleicht sollte ich mir das mit dem Basketballteam nochmal überlegen, ich hatte anscheinend gute Reflexe. Über Jonies Kopf hinweg zog ich den Brief aus dem Umschlag und überflog ihn.

Sehr geehrte Mrs. Marlow,

Wir freuen uns, Ihnen mitzuteilen, dass Sie an der Franklin Academy aufgenommen sind. Ihr Studienplatz ist mit einem Vollstipendium für Schule und Internat verbunden. Im Anhang finden Sie eine Liste mit allen benötigten Materialien. Bitte setzen Sie sich mit dem Sekretariat in Verbindung und vereinbaren einen Termin für Ihre Anreise.

Hochachtungsvoll

Dr. Theodore McLoughlin

Schulleiter

Eine zweite Seite enthielt eine lange Aufstellung mit Büchern und Schulbedarf. Ich ließ das Blatt sinken.

»Was soll das?«

»Was meinst du? Sie bieten dir einen Platz an ihrer Schule an, mit Stipendium!«

Auf Moms Wangen formten sich rote Flecken, wie immer, wenn sie aufgeregt war. Diese peinliche Eigenschaft hatte ich leider von ihr geerbt.

»Ist das nicht großartig? Du kannst dort lernen und wohnen und wir müssen gar nichts bezahlen!«

»Lass mich auch mal sehen!««, quengelte Jonie. »Mom, ich will ihn auch mal haben!«

Mom öffnete den Mund, um unsere Zankerei zu beenden. Ich warf den Brief in Jonies Richtung.

»Das ist doch Quatsch, Mom. Da will uns wohl jemand verarschen.«

Mom riss die Augen auf.

»Wie kommst du denn darauf?«

Ich stieß einen genervten Seufzer aus. »Das ist doch offensichtlich. Für so eine Schule muss man richtig reich und richtig schlau sein.«

Meine Noten waren Durchschnitt, sogar eher unterer, ich hatte noch nie an einem Wissenschaftswettbewerb oder so was teilgenommen und ich hatte auch keine tollen außerschulischen Aktivitäten, mit denen ich eine

Einrichtung wie die Franklin beeindrucken könnte. In meiner Schülerakte steckte sogar ein Verweis, obwohl das damals echt unfair gewesen ist, weil ich schließlich nichts dafür konnte, dass Onkel Harold die Zeitverschiebung aus Kalifornien falsch berechnet und mich siebenmal während Spanisch angerufen hatte, als meine Cousine ihr Baby bekommen hatte.

Und was unseren Kontostand anging, dazu musste ich ja wohl nicht viel sagen. Ich wartete immer noch auf den Anruf, dass ich im Krankenhaus mit dem Baby einer Adelsfamilie vertauscht worden war. Aber bisher war der leider nicht gekommen.

»Aber Schatz, du *bist* schlau!«

Ich verdrehte die Augen.

Es war nett, dass sie sich für mich stark machte, aber blieben wir hier mal bitte realistisch.

»Du stehst in Spanisch auf einer Zwei, oder nicht?«, half Jonie und zwinkerte mir hinter Moms Rücken zu. Sie wusste genau, dass ich unsere Eltern da ein bisschen angeflunkert hatte.

»Und überhaupt«, sagte Mom, »an Schulnoten kann man das nicht festmachen.«

»Aber wie kommen die denn auf mich?«

»Die haben ihre Talentscouts überall! Vielleicht bist du ihnen irgendwo aufgefallen! Ich weiß: du warst doch letzte Woche bei dieser Spendengala für kranke Kinder im Hilton!«

Ich schnaubte.

»Ja, als *Kellnerin*!«

Das machte ich manchmal an den Wochenenden, um mein mageres Taschengeld aufzubessern.

Ich schüttelte den Kopf. »Das ist wahrscheinlich eine neue Betrugsmasche, oder ein schlechter Scherz von Del. Wir sollten unsere Zeit nicht weiter damit verschwenden.«

Ich bereute meine Worte fast, als Mom begriff und ihr Gesicht in sich zusammenfiel. Ich nahm Jonie den dummen Brief ab und zerknüllte ihn.

Zum Abendessen gab es Kartoffeln, zum dritten Mal diese Woche. Mom musste bei einem Sonderangebot zugeschlagen haben und setzte uns die jetzt vor, bis sie uns zu den Ohren rauskamen. Ich hoffte, Jonie würde sich beschweren, denn ihr als Jüngste wurde so etwas verziehen. Aber sie war zu beschäftigt damit, über das Theatercamp zu quasseln, in das ein paar ihrer Mitschüler im Sommer fuhren.

»Ich habe Fotos gesehen und es sieht so cool aus! Nick und Katie fahren auch, und Mrs. Newman meint, sie kann mir noch einen Platz organisieren, wenn ich will. Darf ich? Bitte?«

Mom hörte mit besorgter Miene zu. Keiner von uns traute sich, die Frage nach dem Preis zu stellen, aber ich war sicher, so etwas war nicht billig. Ich hasste es, arm zu sein. Ich meine, wir waren nicht *arm-arm*, aber hatten nie genug Geld für schöne Sachen.

Ohne großen Appetit stocherte ich auf meinem Teller herum, bis ich merkte, dass Jonie aufgehört hatte, zu reden, und Mom und Dad ständig von der Seite auf mich schielten. Ich legte die Gabel auf den Tisch.

»Mann, jetzt schaut nicht, als wäre jemand gestorben. Ich will nicht mal auf diese komische Akademie! Ich bin nicht enttäuscht oder so was. Aber Del knöpfe ich mir nachher vor, der kann was erleben.«

»Er sagt, er hat nichts damit zu tun!«, sagte Jonie und wedelte mit ihrem Handy. Dad hob eine Augenbraue. Wir hatten eine strenge Keine-Handys-am-Tisch-Regel. Normal war ich diejenige, die deswegen ermahnt werden musste.

»Ich finde, der Brief sah echt aus.«

»Woher willst du das wissen?«, konterte ich. »Du hast doch noch nie Post von denen bekommen.«

Das hatte vermutlich niemand in unserem Postleitzahlenbezirk.

»Ich sage, er ist echt«, beharrte Jonie, ganz der Sturkopf, der sie war.

Mom und Dad tauschten einen Blick, unsicher, aber doch hoffnungsvoll.

»Rufen wir einfach dort an«, schlug Dad vor.

»Gute Idee!«, stimmte Mom enthusiastisch zu. »Oder wir fahren hin und zeigen ihnen den Brief!«

Es war mir unangenehm, dass sie sich solche Hoffnungen machten. Warum sprachen wir überhaupt noch darüber?

»Jetzt lasst das Thema doch endlich. Das war ein blöder Scherz von irgendwem. Ich interessiere mich nicht für diese Schule, und die interessieren sich nicht für jemand wie mich.«

Dad senkte die Gabel. Mom, die gerade nach der Salatschüssel gegriffen hatte, erstarrte auf halbem Weg.

»Jemand wie dich? Wie meinst du das?«

»Findest du, dass dir eine schlechtere Ausbildung zusteht, weil wir nicht reich sind?«, fragte Dad.

Die Furchen auf seiner Stirn wurden tiefer und er richtete sich auf. Och nee, jetzt bitte keine von seinen endlosen Soziale-Gerechtigkeit-Reden.

»Nein, natürlich nicht«, ruderte ich schnell zurück.

»Ich meine ja nur, warum sollten die mich plötzlich kontaktieren? Einfach so, mitten im Schuljahr? Wieso jetzt? Wieso ich?«

Meine Familie sah mich ratlos an.

Später am Abend lag ich im Bett und scrollte ziellos durch meine Lieblings-Instagram-Kanäle, um noch nicht schlafen zu müssen. Mein Handy war uralt und peinlich, ein abgelegtes Gerät von Dad, das ich mich in der Schule kaum aus der Tasche zu ziehen traute. Ich schüttelte es frustriert, als es sich bei einem der perfekten Photoshop-Bilder aufhängte. Aus einem Impuls heraus gab ich „Franklin Academy“ in die Suchmaske ein. Die Website, auf die ich kam, war edel und schlicht. Auf der Startseite war ein Foto von Jugendlichen auf breiten weißen Stufen vor einem mächtigen Backsteingebäude. Sie trugen elegante Schuluniformen, hatten Bücher unter dem Arm und lächelten sich an.

Ich klickte auf „Gebühren“ und mir gingen die Augen über. Was war das, der Kaufpreis für das ganze Schulgebäude?

Die Liste der Unis, an denen Absolventen der Franklin angenommen wurden, war lang. Hier fand sich alles, was richtig eindrucksvoll und richtig teuer war.

Niemand in meiner Familie hatte studiert, aber wen kümmerte das?

Meine Güte, Mom hatte nicht mal die High School beendet, weil sie da schon mit meinem Bruder schwanger gewesen ist! Mein erster Gedanke heute Nachmittag war richtig gewesen: Das hier hatte nichts mit mir zu tun. Ich wollte die Website schließen, aber das Handy hatte sich schon wieder aufgehängt, also warf ich es genervt auf den Nachttisch und löschte das Licht.

Als ich am nächsten Morgen nach unten kam, saß Mom alleine am Küchentisch. Sie trank Kaffee und sah müde aus. Mom arbeitete oft Nachtschicht, aber sie ging am nächsten Morgen nie zu Bett, ohne Jonie und mich vor der Schule kurz zu sehen und uns einen schönen Tag zu wünschen.

Meine Mom sah aus wie ich, oder ich wie sie. Wir hatten beide runde, blaue Augen und dunkelblonde Haare, nur dass ihre bereits von ersten grauen Strähnen durchzogen und unter ihren Augen immer tiefe Schatten waren. Sie war erst Ende dreißig, aber sah älter aus. Das musste an der vielen Arbeit liegen.

»Guten Morgen«, sagte ich und ging zum Schrank, um eine Tasse herauszuholen. Auf der Arbeitsplatte stand eine halbvolle Kanne Kaffee und ich schenkte mir ein. Zum Frühstück bekam ich meistens nichts anderes herunter und Mom hatte ihre Predigten diesbezüglich aufgegeben.

»Das mit gestern tut mir leid«, sagte Mom, als ich mich zu ihr setzte. »Ich hätte erkennen müssen, dass dieser Brief nicht echt ist. Ich hätte dir keine falschen Hoffnungen machen dürfen. Ich habe es mir einfach selber so gewünscht, dass dir so etwas Wundervolles passiert. Du bist ein tolles Mädchen, und Dad und ich können dir nicht viel bieten.«

»Mom, das stimmt doch gar nicht!«

Ich sah mich in unserer kleinen Küche um. Der Ofen war alt und führte ein störrisches Eigenleben, die Holzfronten hätten einen Anstrich nötig und einige Fliesen über dem Waschbecken waren gesprungen. Ich beschwerte mich bei meinen Freunden gerne darüber, wie wenig Geld wir hatten, aber meine Eltern taten ihr Bestes.

Dads Büro war zwei Häuserblocks von meiner Schule entfernt, deshalb setzte er mich jeden Morgen ab und nachmittags lief ich nach Hause oder nahm den Bus. Ich fragte mich, was für Autos die Schüler an der Franklin wohl fuhren. Garantiert Tesla und Ferrari.

»Hab einen schönen Tag«, sagte Dad und ich merkte erst jetzt, dass wir schon vor der Schule standen. Eilig schnappte ich mir meinen Rucksack. Dad legte seine Hand auf meinen Arm, als ich die Autotür öffnete.

»Und denk nochmal drüber nach. Wir sollten die Akademie zumindest anrufen und nachfragen.«

Echt jetzt? Ich dachte, das Thema wäre endlich durch. Ich rollte mit den Augen.

»Ich meine ja nur, wenn auch nur die Chance besteht ... Diese Akademie ist eine der besten Schulen des Landes. Von dort aus könntest du überall hin. Sie kann dir so viel mehr bieten als das hier.«

Ich ließ meinen Blick über „das hier" schweifen und betrachtete es durch Dads Augen. An der schmucklosen Fassade blätterte die Farbe ab und beim Basketballkorb im Schulhof fehlte das Netz. In den Klassenzimmern wellte sich der Boden und die Heizung machte, was sie wollte, sodass wir im Winter praktisch an den Holzstühlen festfroren. Es war nun mal keine reiche Nachbarschaft.

Aber ich sah mehr. Ich sah die Tischtennisplatte, unter der Gabrielle und ich uns kichernd versteckt hatten, nachdem wir Coach Bennet einen Streich gespielt hatten, und die Büste vor dem Hintereingang, wo Lucas seinen ersten Kuss bekommen hatte, von Elena Garcia, die ihn vor Aufregung mit ihrem Kaugummi bespuckt hat. Ich musste wohl nicht erwähnen, dass die Beziehung nicht lange hielt. Dieser Ort war voller Erinnerungen und Leute, die ich schon ewig kannte. Nirgendwo anders wollte ich meine Zeit bis zum Schulabschluss absitzen.

»Ich will aber nicht, dass sie mir irgendwas bietet«, sagte ich genervt. »Ich habe keinen Bedarf.«

Ich ließ die Tür ein wenig fester zuknallen als nötig.

Meine Freunde saßen auf den Stufen vor der Turnhalle, unser üblicher Treffpunkt vor Schulbeginn. Lucas futterte Donuts und hielt mir die Tüte hin. Seit seine Mom eine Bäckerei aufgemacht hatte, waren wir immer gut versorgt.

»Hey«, grüßte er mit vollem Mund.

»Morgen«, erwiderte ich und nahm mir einen mit Schokoguss und bunten Zuckerstreuseln. »Danke.«

Gabrielle tat, als würde sie auf ihrem Handy tippen, aber ich sah, dass ihre Augen auf die andere Seite des Schulhofs gerichtet waren, wo John Wheeler mit dem Rest des Footballteams vor der Turnhalle stand. Ein paar Meter weiter war Charisse mit ihrer Cheerleader-Clique. Sie tauschten Lipgloss und kicherten laut. Ihre Röcke waren eindeutig zu kurz für einen so kühlen Aprilmorgen.

»Charisse hat echt dünne Beine«, bemerkte Gabrielle frustriert. »Denkst du, John mochte das an ihr?«

»Du bist hübscher als sie«, versicherte ich ihr. Sie zog eine Augenbraue hoch.

Als ich mich neben sie fallen ließ, rutschte etwas aus meinem Rucksack und segelte zu Boden. Gabrielle hob es auf. Es war ein glänzender Flyer der Franklin Academy.

»Was ist das?«

»Nichts«, rief ich und wollte ihn ihr entreißen. Dad musste den in meine Tasche geschmuggelt haben. Ich würde ihn umbringen!

»Nur Werbung. Das muss irgendwie da reingekommen sein.«

Gabrielle betrachtete die Franklin-Schüler in ihren schicken Uniformen.

»O Mann, stellt euch mal vor, wir müssten so was tragen«, schnaubte sie. »Das sieht ja total bescheuert aus.«

Lucas spähte über ihre Schulter. »Wie Pinguine.“

Gabrielle schwang ihre Tasche über die Schulter, wobei ihr Blick wie zufällig wieder über den Schulhof wanderte.

Die Glocke läutete. Auf dem Weg zum Klassenzimmer warf ich den Flyer in einen Mülleimer.

Kapitel 3

»Welches findest du besser: das rote oder das schwarze?«

Gabrielle hielt zwei Kleider in die Handykamera. Das Bild war etwas verwackelt, weil sie sich ständig bewegte, aber vielleicht lag es auch nur an der miesen Auflösung meines Displays. Ich musste die Augen zusammenkneifen, um sie besser zu sehen. Mein Handy war eine Zumutung.

Sie stand vor ihrem Kleiderschrank, dessen Inhalt fast komplett auf das Bett geworfen war. Jeans, Shirts und Kleider waren überall verstreut, sodass ich kaum noch etwas von ihrer schwarzen Totenkopf-Tagesdecke erkennen konnte.

»Warte kurz«, bat ich.

Ich klemmte das Handy zwischen Schulter und Ohr und schloss meine Zimmertür, um Mithörer fernzuhalten.

Jonie spielte auf den unteren Treppenstufen mit unserem Kater Truman und schielte schon neugierig zu mir herauf. Ich ließ mich aufs Bett fallen und positionierte mein Lieblingskissen unter dem Kopf. Es war flauschig und pink und eigentlich peinlich, aber es hatte sich über die Jahre perfekt an meine Kopfform angepasst. Ich konnte mich unmöglich davon trennen, bevor ich gleichwertigen Ersatz hatte.

»So, jetzt.«

Ich begutachtete die Auswahl. Beide Kleider hatten wenig Stoff und einen tiefen V-Ausschnitt. Das Schwarze hatte Fransen am Rock, das Rote breite Träger, die im Nacken gebunden wurden.

»Ich mag beide«, sagte ich unentschlossen.

»Zoe! Ich brauche hier eine Entscheidung! Welches, denkst du, haut John Wheeler total um? Ich will, dass er nicht mal darüber nachdenkt, diese Party mit einem anderen Mädchen zu verlassen.«

»Ähm ... Charisse trägt gerne schwarz, also schätze ich, das gefällt ihm?«

Gabrielle schleuderte das schwarze Kleid hinter sich.

»Gutes Argument. Ich will ihn auf keinen Fall an seine Ex erinnern. Alles klar, ich nehme das Rote. Was wirst du anziehen?«

»Keine Ahnung«, murmelte ich. Von genug Taschengeld für einen anständigen Shoppingtrip konnte ich nur träumen. Gabrielle warf sich auf ihr Bett.

»Hey, wenn das mit mir und John klappt, willst du dir vielleicht Samuels schnappen? Dann könnten wir auf Doppeldates gehen.«

Ich runzelte die Stirn.

»Wen, Mickey Samuels? War der nicht im Jugendknast oder so?«

»Ne, den haben sie nur mal mit aufs Revier genommen, weil er im Supermarkt Schnaps geklaut hat. Und ich glaube, Coach Bennet hat ihn in der Umkleide mit einem Joint erwischt.« Gabrielle sagte das so unbekümmert. »Er ist ein Dummkopf, weiß jeder. Aber heiß, das musst du zugeben.«

Ich stellte mir vor, wie ich den Footballspieler meiner Familie präsentierte. Mom würde einen Herzinfarkt bekommen, aber wahrscheinlich würde er sich gut mit Del verstehen.

»Nein, danke.«

»Oh, komm schon! Wir haben uns das doch immer so schön vorgestellt: Wir verlieben uns zur selben Zeit und haben zur selben Zeit einen Freund. Und dann gehen wir alle zusammen ins Kino und die Jungs kaufen das Popcorn und wir haben Plätze in der letzten Reihe und sie sitzen außen und wir in der Mitte. So können wir mit unseren Dates knutschen und trotzdem während des Films miteinander quatschen. Weißt du noch? Das war der Plan.«

»Ein Plan, den wir in der Grundschule gemacht haben. Ich weiß nicht, ob das im echten Leben so läuft.«

»Aber das könnte es! Ich habe gehört, Mickey findet dich süß.«

Ich schnaubte. »Das erfindest du gerade.«

Mickey wusste wahrscheinlich nicht mal, wer ich war, und das war gut so.

»Okay, gut, vielleicht. Aber du kannst mich jetzt nicht hängen lassen.«

»Fein«, lachte ich. »Falls du mit John zusammenkommst, suche ich mir ein Date für einen Kinoabend. Aber nicht Mickey! Ich muss meine Eltern sowieso erst mal dazu bringen, mich zu Taylors Party zu lassen. Mein Hausarrest geht noch bis Dienstag.«

Gabrielle riss die Augen auf.

»Zoe!«, rief sie erschüttert. »Du musst zu Taylors Party! Ich brauche dich!«

»Ich weiß! Ich rede mit ihnen.«

»Unbedingt«, drängte Gabrielle. »Mach ihnen klar, wie wichtig das ist. Alle werden da sein! John wird da sein! Ich brauche dich!«

Wenn ich ehrlich war, war ich gar nicht mehr so scharf auf Taylors Party. Die Bilder waren mir lang nicht aus dem Kopf gegangen, dafür hatte sich der Traum zu echt angefühlt. Andererseits wollte ich meine Freundin nicht hängen lassen.

»Ich schaue, was ich machen kann.«

Meine Eltern waren nicht nachtragend und selten lange sauer. Meistens vergaßen sie nach einer Weile sogar, dass wir Hausarrest hatten. Diesmal zogen sie es aber durch. Ich musste jeden Tag nach der Schule direkt nach Hause kommen und unter dem scharfen Blick meiner Mutter am Küchentisch Mathehausaufgaben machen und Spanischvokabeln pauken.

Wenn ich mit den Schularbeiten durch war, half ich ihr meistens noch beim Kochen. Wir schnippelten Gemüse und schichteten Lasagneplatten in die Auflaufform, während das alte Küchenradio Countrysongs spielte und die Soßen am Herd vor sich hin blubberten.

Es war nett und friedlich und außerdem gab es sowieso nicht viel, was ich sonst tun konnte. Vielleicht hatte ich auch ein winziges Bisschen ein schlechtes Gewissen. So lief das meistens: Gabrielles Ideen kamen mir gut vor, bis ich sie aus den Augen meiner Eltern sah.

Ich verstand, warum die Sache sie so aufgebracht hatte: Es weckte Erinnerungen an meinen Bruder. Del hatte die Schule mit siebzehn geschmissen und war mit seiner Band nach Indianapolis gezogen. Natürlich trennte sich die Band, aber Del blieb und niemand von uns wusste genau, was er dort so trieb. Er rief von Zeit zu Zeit an und haute unsere Eltern um Geld an.

Verglichen mit ihm war ich auf einem glorreichen Pfad, und das wollten sie jetzt nicht aufs Spiel setzen. Ich nahm mir fest vor, niemanden um Geld zu bitten, wenn ich mal in New York wohnte.

Lucas und Gabrielle sah ich nur noch in der Schule. Am Freitag saßen wir zusammen in der Cafeteria. Lucas schrieb meinen Englischaufsatz über Othello ab und Gabrielle pickte die Zwiebeln aus ihrem Essen. Sie sammelte sie fein säuberlich am Tellerrand, wo Lucas sie später auflesen und gegen seine Champignons tauschen würde.

Ich zog sie manchmal damit auf, dass sie sich wie ein altes Ehepaar benahmen. Es gab Pizzasuppe, was im ersten Moment eklig klang, aber es schmeckte ganz gut. Es war jedenfalls eines der besser essbaren Gerichte in unserer Schulkantine.

Von dem Zeug, was sie hier Spaghetti Bolognese nannten, bekamen Schüler nicht selten solche Bauchschmerzen, dass sie ins Krankenzimmer mussten.

»Deine Eltern sind so fies«, klagte Lucas und öffnete mit einem Zischen seine Coladose.

»Tropf' nicht auf mein Heft!«, warnte ich.

Ich hoffte auf eine gute Note, die meine Eltern besänftigen würde. Lucas sah auf und legte den Kopf schief.

O Gott, hatte ich das wirklich gerade gesagt? Es war höchste Zeit, dass ich aus meinem Gefängnis kam!

Ich wusste, meine Chancen waren am besten, wenn meine Eltern in guter Stimmung waren. Deshalb stand ich am Samstagmorgen extra früh auf, um Kaffee zu kochen und den Frühstückstisch mit Moms Lieblingsgeschirr zu decken, dem weißen mit kleinen Blümchen am Rand. Sie hatten es zu ihrer Hochzeit geschenkt bekommen und über die Jahre waren einzelne Tassen und Teller zu Bruch gegangen, aber es waren gerade noch genug da für uns vier.

Ich war keine gute Bäckerin, aber Schokobananen-Muffins wurden immer ganz passabel, also suchte ich das Rezept in Moms Backbuch heraus, mixte den Teig und schob sie in den Ofen.

Truman sprang auf die Arbeitsplatte und versuchte, die Schüssel auszulecken, was er nicht durfte, auch wenn er laut schnurrte und seinen flauschigen Kopf an mir rieb.

»Schokolade ist nichts für Katzen«, erinnerte ich ihn und kraulte seine Ohren.

Jonie lehnte gähnend neben mir an der Arbeitsplatte, noch in Schlafanzug und Pantoffeln, und entzog Truman die Schüssel, um sie selbst auszuschlecken.

»Sollen die eigentlich so riechen?«, fragte sie.

»Was? Oh, Mist!«

Laut Rezept sollten die Muffins noch drei Minuten im Ofen sein, aber sie waren obendrauf schon dunkelbraun und rochen verbrannt. Hastig holte ich sie heraus und stellte sie zum Abkühlen unter das Küchenfenster. Mit einer Extraportion Schokoguss konnte ich das bestimmt vertuschen. Und hatten wir vielleicht noch ein paar Zuckerperlen zur Deko?

Jonie beobachtete mich skeptisch. »Dir ist schon klar, dass sie das sofort durchschauen werden?«

»Was denn durchschauen?«, fragte ich unschuldig und riss das Fenster auf, um frische Luft hereinzulassen.

»Vergiss es.« Jonie gähnte und schnappte sich Truman. »Ich gehe wieder ins Bett.«

Ich arrangierte alles kunstvoll auf dem Tisch und schickte ein Foto davon Gabrielle. Sie antwortete mit dem Daumen-Hoch-Zeichen und wünschte mir viel Glück.

Mom und Dad machten große Augen, als sie kurz darauf nach unten kamen.

»Schätzchen, das sieht aber schön aus!«, rief Mom. Sie roch an den Blumen, die ich im Vorgarten gepflückt und in einer Vase in die Mitte gestellt hatte, bevor sie sich setzte und nach einem Toast griff.

»Kaffee?«, bot ich eifrig an. Ich hatte selbst schon zwei Tassen intus, sonst könnte ich um diese Uhrzeit an einem Samstag noch nicht mal geradeaus laufen. Mom hielt mir ihre Tasse hin.

»Mit Milch, bitte.«

»Gibt's einen besonderen Anlass?«, fragte Dad und setzte sich. Ich hatte das Gefühl, Jonie hatte Recht und er wusste tatsächlich, was Sache war.

»Nein«, behauptete ich unschuldig. »Ich freue mich einfach, dass Wochenende ist. Familienzeit. Will jemand einen Schokomuffin?«

Ich setzte mich zu ihnen, brach mir ein Stück Muffin ab und steckte es in den Mund. Sie schmeckten ein wenig verbrannt, aber ich hoffte, das merkte niemand außer mir.

»Also, raus damit: Was willst du, Zoe?«, fragte Dad schließlich lächelnd.

»Wie kommst du darauf, dass ich irgendwas will?«, fragte ich und tat beleidigt.

Dad lachte. »Du bist siebzehn und es ist Samstag und du warst um sieben Uhr wach, um zu backen und den Frühstückstisch zu decken. Wir waren auch mal jung. Wir sind nicht völlig weltfremd.«

Durchschaut. Ich stellte meine Kaffeetasse ab.

»Okay, also, es ist so. Heute Abend ist Taylors Geburtstagsparty und ich bin eingeladen und wollte fragen, ob ich hingehen kann.«

Mom runzelte die Stirn. »Du hast doch noch Hausarrest.«

»Ich weiß!«, sagte ich schnell. »Ich dachte nur, vielleicht können wir einen Deal machen. Heute Abend kein Hausarrest und dafür verlängern wir ihn um einen Tag oder so.«

»So funktioniert das nicht«, sagte Dad. »Strafen sind kein Wunschkonzert.«

Mom nahm nachdenklich einen Schluck Kaffee.

»Werden seine Eltern da sein?«

Uff. Ich hatte wirklich gehofft, diese Frage würden sie nicht stellen.

»Weiß nicht genau«, sagte ich ausweichend.

Ehrlich gesagt war ich ziemlich sicher, dass sie nicht da sein würden. Ich war auf mehreren seiner Partys gewesen und wusste nicht mal, wie seine Eltern aussahen. Anscheinend waren die entspannter als meine.

Mom und Dad sahen sich an.

»Ich weiß nicht«, sagte Mom unschlüssig.

Dad schüttelte den Kopf.

»Ich finde es nicht gut«, sagte er und sah mich streng an. »Du hast aus gutem Grund Hausarrest. Es tut mir leid, aber es ist deine Schuld, dass du diese Party verpasst. Vielleicht schwänzt du nächstes Mal nicht die Schule. Jetzt schau nicht so, Zoe. Du weißt, dass ich Recht habe.« Er nahm noch einen Muffin vom Teller. »War aber ein netter Versuch. So ein Frühstück könnte es öfter geben.«

Ich lag auf meinem Bett und hasste die Welt. Warum waren meine Eltern so streng? Lucas und Gabrielle hatten genauso geschwänzt und ihre Eltern kümmerte es kein bisschen. Na gut, Lucas' Mutter interessierte sich sowieso für nichts außer ihren Freund des Monats, und Gabrielles Eltern hatten mehrere Jobs, sodass sie wenig mitbekamen. Aber wer brauchte amerikanische Geschichte? Und wussten meine Eltern, was für eine Qual

Mrs. Nguyens Unterricht war? Anscheinend kümmerte es sie nicht, dass ich die einzige Siebzehnjährige war, die an einem Samstagabend im Schlafanzug zuhause saß.

Ich schnappte mein Notizbuch und mein Set Kohlestifte und zeichnete so wild los, dass die Seite fast einriss. Zeichnen war meine Art, Gefühle zu verarbeiten, und heute Abend war es ein Kanal meiner Wut.

Ein Klopfen am Fenster ließ mich aufschrecken. Ich legte den Stift weg, meine Fingerspitzen pechschwarz, eilte hinüber und zog die Vorhänge auf. In der Krone der mächtigen Eiche, die mein Urgroßvater Archie neben dem Haus gepflanzt hatte, balancierte Gabrielle Gutierrez. Sie war barfuß und trug ein kurzes, rotes Abendkleid. Ihre Augen funkelten abenteuerlustig.

»Hey.« Sie grinste.

»Gabrielle!«, rief ich und sie riss die Augen auf und machte hektisch „Schsch!“. Wir hielten inne und lauschten, doch unten blieb alles still. Meine Eltern und Jonie schauten im Wohnzimmer irgendeine Tierdoku.

»Sorry«, flüsterte ich. »Gabrielle, was machst du hier?«

»Na, ich komme dich abholen, natürlich«, verkündete sie. »Los, geh mal zur Seite.«

Ich machte ihr Platz und sie schwang sich durch den Fensterrahmen und landete neben mir. Jahrelange Erfahrung hatte sie sehr geschickt darin gemacht, durch mein Fenster einzusteigen.

»Ich kann nicht mit, ich habe Hausarrest«, erinnerte ich sie mürrisch. »Ich hab's den ganzen Tag versucht, aber es war nichts zu machen.«

Sie verdrehte die Augen.

»Weiß ich doch! Deshalb auch die Nummer mit dem Baum. Wir verschwinden natürlich durchs Fenster! Los, zieh dich um. Wieso hast du überhaupt schon den Schlafanzug an?«

Ich verschränkte die Arme vor der Brust.

»Ich dachte nicht, dass ich heute noch ausgehe.«

»Natürlich gehst du noch aus. Es ist Samstagabend. Taylors Party verpasst man doch nicht wegen ein bisschen Hausarrest. Deine Eltern sind echt so spießig. Beeil dich, Lucas wartet unten im Auto.«

Ich spähte hinaus und sah den weißen BMW am Straßenrand parken, nur wenige Meter vor unserem Wohnzimmerfenster. Lucas winkte zu uns hoch. Toll, das war ja sehr unauffällig. Hoffentlich schauten meine Eltern gerade nicht aus dem Fenster.

»Jetzt mach schon!«, drängte Gabrielle. »Ich sperre schon mal deine Tür ab.«

Ich hatte kein gutes Gefühl bei der Sache und deshalb hätte ich es auch lassen sollen.

Ehrlich, Leute, wenn euer Bauchgefühl sagt, ihr solltet etwas besser nicht tun, dann tut es nicht.

Aber Gabrielle war Feuer und Flamme und meine Eltern hatten mich heute echt aufgeregt mit ihrem oberlehrerhaften »Du weißt, dass wir Recht haben«-Gerede. Zögernd öffnete ich meinen Kleiderschrank.

»Was soll ich anziehen?«

Kapitel 4

Taylor Shepherds Haus lag am Ende einer Sackgasse. Alle Fenster waren erleuchtet und fröhliche Stimmen und ein tiefer, wummernder Bass waren bis zu unserem Parkplatz zu hören.

Als wir das Gartentor erreichten, setzte mein Herz kurz aus: der geschwungene Weg zur Haustür war zu beiden Seiten von kleinen Fackeln erleuchtet. Es war genau wie in meinem Traum. Was bedeutete das? Meine Finger wurden feucht über dem metallenen Griff.

Gabrielle bemerkte mein Zögern. »Was ist?«

Am liebsten hätte ich mich umgedreht und wäre davongelaufen. Doch ich atmete tief durch. Jetzt mal nicht übertreiben. Das war einfach nur Zufall. Ich wischte meine Hände an der Jeans ab.

»Nichts«, sagte ich und stieß das Tor auf.

Musik donnerte aus den Lautsprechern und eine bunte Diskokugel drehte sich über unseren Köpfen.

Leute standen in Gruppen zusammen, tanzten oder versuchten, sich über die laute Musik hinweg zu unterhalten, während sie Bier aus Flaschen tranken oder mit Pappbechern anstießen. Alle waren ziemlich aufgebrezelt. Ich wünschte, ich hätte auch mehr Geld für coole, neue Klamotten.

Marcie Thomas stand mit ihren Freundinnen aus dem Basketballteam am Treppengeländer, sah mich und winkte mich zu ihnen herüber. Ich tat, als hätte ich es nicht bemerkt, und schob mich hinter Lucas und Gabrielle durch die schwitzende und feiernde Menge ins Wohnzimmer. Hier saßen ein paar Jungs auf dem Sofa und spielten Videospiele, während andere in Gruppen herumstanden, sich unterhielten oder gegenseitig etwas auf ihren Handys zeigten.

Ich kannte die meisten aus der Schule, aber es waren auch ein paar fremde Gesichter dabei, wahrscheinlich Leute aus Taylors Nachbarschaft oder Freunde seines großen Bruders. Ein paar von ihnen sahen definitiv älter aus als wir und die waren vermutlich auch für den Alkohol verantwortlich, der hier überall in Strömen floss. Gabrielle zückte ein Lipgloss und zog ihre Lippen nach, die sowieso schon kirschrot glänzten. Sie war so klein, dass sie mir selbst in ihren höchsten Schuhen nicht mal bis zur Brust ging, und musste sich auf Zehenspitzen stellen, um nach John Ausschau zu halten.

»Kannst du ihn irgendwo sehen?«

»Ich besorge uns was zu trinken!«, rief Lucas über die laute Musik.

»Cola für mich!«, bat ich, aber er war schon weg.

Gabrielle und ich schlenderten umher, sie auf der Suche nach ihrem Schwarm, ich auf der Suche nach dem Buffet, denn mir knurrte der Magen und ich sah Leute mit Muffins und Fingerfood. Durchs Fenster konnte ich die Flammen der Fackeln draußen im Wind tanzen sehen und mein Mund wurde wieder trocken.

»Oh, hey Zoe!«

Emily Harper aus meinem Englischkurs fasste mich am Ellbogen. Sie saß in der ersten Reihe und war normal sehr ruhig, aber heute schien sie in einer komischen Stimmung. Sie kicherte und hielt sich beim Sprechen an meiner Schulter fest, als stünde sie nicht sicher auf ihren Beinen. Die Erklärung dafür befand sich in ihrer Hand, genauer gesagt dem Cocktailglas. Der Inhalt war leuchtend pink und sie saugte an ihrem Strohhalm, als wäre es Limonade.

»Und Gaby, hi, wie schön, dass du auch da bist!«

Gabrielle hasste es, wenn man ihren Namen abkürzte. Sie öffnete den Mund, wahrscheinlich, um die betrunkene Emily zur Schnecke zu machen, doch dann schnellte sie herum und packte meinen Arm.

»Ich glaube, ich habe John gesehen. Oh, mein Gott, er ist es!«

Aufgeregt fuhr sie sich durchs Haar. Ich hatte dünne, glatte Haare und versuchte ständig, sie etwas wellig oder fülliger zu kriegen. Gabrielle hatte buschige Locken und versuchte, sie zu bändigen oder glätten. Mein Dad sagte immer, verstehe einer die Frauen.

»Okay, schnell, wie sehe ich aus? Ich gehe rüber.«

»Was? Nein, warte, lass mich nicht allein hier!«

Doch Gabrielle schüttelte nur ihre Lockenmähne und stolzierte mit schwingenden Hüften und herausgestreckter Brust davon. Die Frau war auf einer Mission.

Stöhnend drehte ich mich zurück zu Emily, die meinen Kommentar gehört hatte und sich darüber totlachte.

»Du bist so witzig, Marlow! Mir ist noch nie aufgefallen, wie, *hicks*, witzig du bist! Wieso bist du in der Schule nicht so witzig? Achso, richtig, weil du, *hicks*, so selten da bist.«

Also, so selten jetzt auch wieder nicht. Englisch war sogar einer der Kurse, den wir am wenigsten schwänzten.

Mrs. Peters konnte fies sein, wenn sie einen auf dem Kieker hatte, und sie war eine Petze und schrieb wegen jeder Kleinigkeit Briefe an die Eltern.

Emily warf ihren Arm um mich, wobei sie heftig schwankte und sich kalter, pinker Cocktail auf mein Shirt ergoss. Vielen Dank auch.

»Komm, trink was mit mir. Das Zeug ist so lecker!«

Mit lautem Schlürfen leerte sie ihr Glas.

»Komm«, sie rülpste und kicherte, »wir holen uns noch zwei von diesen hier.«

»Nein, danke«, sagte ich und sah mich verzweifelt nach einer Fluchtmöglichkeit um. Leider hatte sie ihren Arm noch immer fest um meine Schulter gelegt. Wo waren meine Freunde, wenn ich sie brauchte? Keiner von ihnen war in der Menge zu sehen.

Ein älterer Junge mit langen, schwarzen Haaren grabschte im Vorbeigehen an Emilys Hintern und sie bekam einen Lachanfall und ließ mich los. Ich nutzte die Gelegenheit und schlüpfte seitlich davon.

Ich schaffte es, mich bis zur Küche durchzudrängen, wo ich zum Glück das Buffet mit Kuchen, Pizza, Nudelsalat und Mini-Burgern fand. Ich lud mir von allem auf den Teller und nahm aus dem Kühlschrank eine Coladose.

Eine Weile durchstreifte ich auf der Suche nach Gabrielle und Lucas das Erdgeschoss. Allmählich bekam ich schlechte Laune und verlor das Zeitgefühl. Immer wieder sprach mich im Getümmel jemand an, den ich kannte, und ich blieb stehen und unterhielt mich. Courtney Schlossberg aus meinem Sportkurs stellte mich ihrem Bruder vor, einem pickeligen Community-College-Studenten, der gleich einen platten Anmachspruch brachte und mich auf einen Drink einladen wollte. Er zauberte aus dem Nichts ein Glas hervor und schwor, es sei nur Traubensaft, aber ich erkannte das leuchtend pinke Zeug sofort und lehnte dankend ab.

Ich blieb den ganzen Abend brav dem Alkohol fern, schließlich musste ich nachher noch einen großen Baum hinaufklettern und wollte mir dabei lieber nicht den Hals brechen, aber leerte einige Coladosen, sodass ich irgendwann wirklich dringend pinkeln musste. Das Gästeklo im Erdgeschoss war von einem knutschenden Pärchen besetzt, das aussah wie Emily Harper und der langhaarige Grabscher, deshalb ging ich ins Obergeschoss, um das Badezimmer zu suchen.

Hier oben war es deutlich ruhiger. Nur vereinzelte Gäste hatten sich in den dunklen Flur verirrt, an dessen Ende ich das Badezimmer fand. Ich zog die Tür hinter mir zu und lehnte mich gegen die kühlen Fliesen, ohne das Licht anzumachen. Der Raum war von fahlem Mondlicht erleuchtet und es roch süßlich. Mrs. Shepherds Parfüm? Die Stille tat gut.

Durch die dicke Holztür konnte ich die Stimmen und Musik von unten nur noch gedämpft hören.

Wie spät war es wohl? Ich zog mein Handy aus der Hosentasche. Keine neuen Nachrichten von Lucas oder Gabrielle, die Verräter schienen sich ja ganz gut ohne mich zu amüsieren. Und auch keine von Jonie, was ein gutes Zeichen war. Sie hätte sich bestimmt gemeldet, wenn unsere Eltern mein Fehlen bemerkt hätten und zuhause gerade ausrasteten.

Es war erst kurz nach elf, aber ich hatte keine Lust mehr. So ziemlich die einzige Nüchterne auf einer Party voll angetrunkener Teenies zu sein, war auf Dauer ermüdend. Ich beschloss, meine Freunde zu finden und zu überreden, hier abzuhauen. Vielleicht konnten wir auf dem Heimweg noch irgendwo einen Frozen Yoghurt essen, bevor ich mich nach Hause schlich.

Wenn ich ehrlich war, stand ich noch immer unter Anspannung. Die Sache war noch nicht ganz ausgestanden. Ich würde erst richtig durchatmen können, wenn ich in meinem Bett lag und diese Feier ohne Brandstiftung oder Prügelei hinter mich gebracht hatte.

Am Waschbecken wusch ich meine Hände und spritzte mir kaltes Wasser ins Gesicht. Mein Blick fiel in den Spiegel und ich sah erst jetzt, wie schlimm Emily mein Oberteil zugerichtet hatte. Na toll, das war eins meiner Lieblingsshirts!

Ich zog es über den Kopf und rieb mit Seife darauf herum, was es nur noch schlimmer machte. In diesem Moment hörte ich hinter mir ein Geräusch und zuckte zusammen.

Da saß jemand in der Badewanne, nicht nackt und im schaumigen Wasser, sondern voll bekleidet in der leeren Wanne. Er hatte kinnlange Haare und trug zerrissene Jeans und ein schwarzes Shirt mit dem Logo irgendeiner Band. Zwischen seinen Lippen glomm ein Joint. Das erklärte den süßen Geruch in der Luft. Erst auf den zweiten Blick erkannte ich, dass es John Wheeler war. Wie lange war er da schon? Ich stand hier im BH! Und, o Gott, hatte er mich vorhin etwa auf der Toilette beobachtet?

»Lass dich von mir nicht stören«, sagte er lässig. Er lallte ein wenig.

»John! Was machst du hier?«

Er grinste schief und zog noch einmal tief an seinem Joint, bevor er ihn gegen den Rand der Badewanne ausdrückte. Er zuckte die Schultern.

»Ich genieße die Show.«

Ich zog das nasse T-Shirt schützend vor die Brust.

»Perversling!«

Er lachte leise.

»Okay, ich verschwinde ja schon.«

Umständlich stieg er aus der Wanne, stieß sich das Knie und fluchte. Er musste wirklich sehr betrunken sein. Er schwankte und hielt sich an meiner Schulter fest, um nicht zu fallen. Sein Atem streifte mein Gesicht. Er roch nach Bier und Rauch.

»Au. Verdammt.«

»Was machst du denn jetzt?«, fragte ich schrill.

Er fummelte an seinem Gürtel herum und einen Moment später fiel seine Jeans zu Boden und er rieb sich das Knie.

»Zieh dich sofort wieder an!«

Er betrachtete mich, als könnte er mich zum ersten Mal scharf sehen.

»Du bist ja süß. Ihr beide seid süß, du und deine Schwester, die da, nein dort, hört doch mal auf zu tanzen. Ihr seid süß und ich bin traurig.«

Er kam noch näher. Moment, wollte er mich etwa küssen? Mit dem Waschbecken im Rücken konnte ich nicht weiter zurückweichen. Ich wollte ihn gerade wegschubsen, als die Tür aufflog.

»Oh, hier bist du -«

Gabrielle starrte uns an. Hinter ihr erschien Lucas in der Tür und riss die Augen auf.

»Was ist hier los?«

Ich wusste, wie es für sie aussehen musste, John und ich hier alleine im Halbdunkel, er ohne Hose und ich ohne Shirt. Mir wurde schwindelig.

»Gabrielle ...«

Ihre Unterlippe bebte und Tränen schossen in ihre Augen. Sie schlug die Hand vor den Mund, wich zurück und stürmte hinaus.

»Gabrielle, warte mal!«

Ich stieß John mit aller Kraft weg und eilte ihr nach, doch Lucas stellte sich mir in den Weg. Ich hatte ihn noch nie so feindselig erlebt.

»Lass sie in Ruhe«, fauchte er und schüttelte den Kopf. »Was soll der Scheiß, Zoe?«

»Mann, Lucas, so ist das nicht!«

Ich schloss die Augen. Das hier war ein Alptraum. Es konnte einfach nur ein Alptraum sein. Am anderen Ende des Flurs sah ich Gabrielles schwarze Mähne verschwinden. Ich drängte mich unsanft an Lucas vorbei und rannte ihr nach, bahnte mir mit den Ellbogen einen Weg durch die Leute auf der Treppe. Erst im Hausflur konnte ich sie einholen und bekam sie an der Schulter zu fassen.

»Gabrielle, warte doch mal, ich kann das erklären.«

Sie wirbelte herum und funkelte mich an.

»Was? Dass du mit einem Kerl rummachst, in den deine beste Freundin verliebt ist? Auf die Erklärung bin ich gespannt. Echt, das ist so billig! Ich meine, was hast du dir dabei gedacht, Zoe? Du wusstest genau, dass ich ihn mag.«

Ihre Stimme wurde immer schriller und sie kämpfte gegen Tränen an. Alle ringsherum starrten uns an, flüsterten und kicherten. Wir veranstalteten hier eine ganz schöne Szene und mir wurde plötzlich bewusst, dass ich noch immer ohne Oberteil dastand. O Mann, war das peinlich! Hastig streifte ich es über, sodass es unangenehm nass und kalt an meiner Haut klebte.

Zu allem Überfluss kamen Lucas und John hinter mir die Treppe herunter gepoltert. John war noch immer in Boxershorts. Aus dem Nichts tauchte Charisse auf, flankiert von ihren Cheerleader-Freundinnen. Mit ihren kurzen Röcken und dem rosa Teint sahen sie aus wie eine geklonte Barbie-Gang. Ihre stark geschminkten Augen wurden tellergroß, als sie uns sahen.

»Was ist hier los?«, fragte Charisse süßlich. »Johnny, wie siehst du denn aus? Und was hattest du mit der Bohnenstange zu tun?«

Wie bitte?

Gabrielle lachte kalt und sah mir in die Augen.

»Ja, das würde mich auch mal interessieren.«

John, der sich am Treppengeländer abstützte, sah aus, als hätte er keinen Schimmer, was eigentlich vor sich ging. Er betrachtete Gabrielle stirnrunzelnd, als hätte er Probleme, sie scharf zu sehen.

»Was mischst du dich jetzt ein, Pummelchen?«

Ab da ging alles ganz schnell.

Lucas stürzte sich auf John und sie flogen gemeinsam in einen Bestelltisch, der unter ihrem Gewicht zusammenbrach.

Die Umstehenden kreischten, johlten und sprangen zur Seite, während Lucas und John sich über den Boden wälzten. Lucas hatte ihn mit seiner Attacke überrascht, aber gegen den durchtrainierten Footballer hatte er keine Chance und John hatte ihn schon bald im Schwitzkasten.

Gabrielle stürzte sich auf mich. Sie war klein, aber konnte in ihrer blinden Wut ganz schön kräftig zuschlagen.

Ihre Fäuste bearbeiteten meine Arme und Rippen. Dachte sie etwa, das ließ ich mir bieten? Ich bekam ihre Haare zu fassen und riss daran, dass sie aufschrie.

Ich wollte hier nur noch weg. Ich rannte zur Haustür und hinaus in die Nacht, gefolgt von Gabrielle und einer Reihe Schaulustiger.

»Wie konntest du nur! Ich dachte, du bist meine Freundin!«, schrie Gabrielle und warf sich von hinten auf mich. Da sah ich etwas, was mein Herz aussetzen ließ: im Schatten der Brombeerbüsche stand wie angewurzelt ein Mädchen und beobachtete uns entsetzt.

Ich erkannte sie, *mich*, und begriff, was hier los war - was gleich los sein würde. O nein … Meine Knie gaben nach und ich taumelte rückwärts über eine Fackel im Boden.

Kapitel 5

»Hey, kannst du mal weitergehen?«

Der Junge hinter mir rempelte mich ungeduldig an und stieß sein Tablett schmerzhaft in meinen Rücken. Ich begriff, dass ich im dichten Mittagsgedränge in der Cafeteria stehengeblieben war und geistesabwesend zu unserem üblichen Tisch am Fenster hinübergesehen hatte, wo Lucas und Gabrielle zusammensaßen und schwatzten.

Ich konnte es von hier aus nicht erkennen, aber ich war sicher, dass Gabrielle ihre Zwiebeln aussortierte und Lucas sie gegen seine roten Paprikastückchen tauschte. Er verabscheute rote Paprika, was in meinen Augen keinen Sinn machte.

Waren die roten nicht die Besten? Der dritte Stuhl am Tisch war leer und ich hatte mir kurz vorgestellt, einfach hinzugehen und mich zu ihnen zu setzen, als wäre nichts gewesen.

Ich könnte sie zwingen, mir zuzuhören, damit sie endlich verstanden, dass ich an diesem verfluchten Abend nichts falsch gemacht hatte, und wir diesen bescheuerten Streit begraben konnten.

Als hätte sie mein Starren gespürt, sah Gabrielle auf und begegnete meinem Blick. Ihre Augen verengten sich zu Schlitzen und sie beugte sich zu Lucas und flüsterte etwas in sein Ohr. Beide schauten mich feindselig an und drehten sich dann weg. Okay, so viel dazu.

»Sorry«, murmelte ich und ließ den Jungen an mir vorbei.

Es gab mir einen Stich ins Herz, zu sehen, wie er fröhlich von seinen Freunden begrüßt wurde, als er sich zu ihnen an den Tisch setzte. Seufzend nahm ich mein Tablett und verzog mich damit aufs Mädchenklo. Dort sperrte ich mich in einer Kabine ein und sank zu Boden. Die Fliesen waren eklig vergilbt und gesprungen und die Wände waren mit Filzstift beschmiert, das meiste davon Schweinereien. Eine Klospülung rauschte ununterbrochen. Ich aß mein Thunfischsandwich mit dem Tablett auf den Knien, alleine, wie schon die ganze letzte Woche.

Am Morgen nach der Party war ich noch mit der vagen Hoffnung aufgewacht, es sei alles nur ein böser Traum gewesen. War es natürlich nicht. Die Party war in einer Katastrophe geendet.

Feuerwehr und Polizei waren aufgetaucht, überall Blaulicht und Sirenen und Jugendliche, die verschreckt in alle Richtungen davonrannten. Unsere Stadt war winzig und meine Eltern wussten schon Bescheid, was passiert war, bevor der Streifenwagen mich zuhause absetzte.

Es war der unangenehmste Moment meines Lebens, als die Polizistin mich zur Haustür brachte. Meine Eltern waren natürlich stinksauer. Ihr wollt gar nicht wissen, was sie mir alles an den Kopf warfen, während sie bis in die frühen Morgenstunden auf mich einredeten. Ich wollte eigentlich nur ins Bett und versuchen, irgendwie in meinen Kopf zu kriegen, was zur Hölle da gerade passiert war.

Alle waren wütend.

Gabrielle reagierte nicht auf meine Nachrichten und Anrufe und auch Lucas zeigte mir die kalte Schulter. Dafür schrieb mir Del am Morgen nach der Party: *Abhauen, prügeln und brandschatzen?* Nice! Mein Bruder war manchmal so ein Idiot.

Ich begann schon, eine pampige Antwort zu tippen, aber dann sparte ich mir die Mühe und löschte seine Nachricht einfach. Es interessierte sich sowieso niemand für meine Sichtweise oder wollte meine Erklärungen hören.

Ich gab zu, dass die Fakten gegen mich sprachen. Eine Menge Leute hatten gesehen, wie ich mit John Wheeler aus dem Badezimmer gekommen war, wie ich mich mit meiner besten Freundin geprügelt und den Vorgarten eines Mitschülers in Brand gesetzt hatte. Es gab sogar Videos davon, die rasend schnell unter meinen Klassenkameraden die Runde machten, denn natürlich hatten die nichts Besseres zu tun gehabt, als ihre Handys zu zücken und zu filmen. Es sah nicht gut aus für mich.

Das Verrückte an der Sache war, einer dieser Zeugen meines Fehlverhaltens war ich selbst gewesen! Ich hatte den ganzen Vorfall gesehen, schon Tage, bevor er passiert war. Wie war das möglich?

Ich konnte an nichts anderes denken. Jeden Abend lag ich wach im Bett und die Gedanken kreisten in meinem Kopf. Ich durchsuchte fieberhaft das Internet, aber fand nichts, was mir weiterhalf. Ich klickte mich durch esoterische, philosophische und wissenschaftliche Seiten, aber nichts passte.

Ich hatte keine Vision gehabt, keine Vorahnung oder Prophezeiung. Ich war aus einem fahrenden Auto an einen anderen Ort gesprungen, viele Meilen entfernt und mehrere Tage später. Mir halfen keine abgedrehten Websites über Tarotkarten, Traumdeutung und Horoskope, denn bei dem, was ich gesehen hatte, gab es nichts auszulegen.

Ich hatte die Zukunft nicht vorhergesehen, *ich war dort gewesen*. Und dafür fiel mir einfach keine logische Erklärung ein.

Ich hatte niemanden, mit dem ich darüber sprechen konnte, und nichts, was mich von meinen Grübeleien ablenken konnte. Ich durfte das Haus nur noch verlassen, um zur Schule und zur Arbeit zu gehen, denn irgendwie musste ich ja an Geld kommen, um meine Schulden bei den Shepherds zu begleichen. Wir hatten das Feuer in den Griff bekommen, bevor es aufs Haus überschlug, aber der Rasen war großflächig verkohlt und es hatte ein paar Rosenbüsche erwischt.

In der Schule war ich das Gesprächsthema Nummer eins und das nervte. Ich war bislang immer unter dem Radar der meisten gewesen und es nicht gewohnt, dass sich im Flur Köpfe nach mir umdrehten oder Leute sich anstießen, wenn ich vorbeilief.

Immer wieder brachen Gespräche abrupt ab, wenn ich das Klassenzimmer betrat, und Mitschüler starrten mich an. Nicht nur glaubte jeder, genau Bescheid zu wissen, was zwischen mir und John passiert war, sondern es hatte auch jeder eine Meinung dazu, und meistens keine gute.

Ein paar Tage nach der Party war ich gerade an meinem Spind, als Marcie Thomas vorbeilief, mich sah und den Kopf schüttelte.

Ich knallte die Tür zu. Kurz darauf fragte mich an der Bushaltestelle Daniel Coleman aus meinem Biologiekurs, mit dem ich noch nie im Leben gesprochen hatte, ob ich nach der Schule mit ihm abhängen wollte. Er lehnte sich neben mich an die Wand, so nah, dass sein Atem meine Wange kitzelte, und spähte ungeniert in meinen Ausschnitt.

»Ich wusste gar nicht, wie cool du drauf bist«, sagte er mit einem schmierigen Grinsen. »Soll ich dir vielleicht auch mal mein Badezimmer zeigen?« Ich hätte ihm am liebsten eine verpasst.

Seltsamerweise wurde John genau wie vor der Party behandelt. Niemand warf ihm krumme Blicke zu oder redete schlecht über ihn. Die Mädchen schmachteten ihn an und die Jungs klopften ihm auf den Rücken und gaben ihm High Fives auf dem Flur.

»Das ist doch mal wieder typisch«, sagte Jonie. »Frauen können nichts falsch machen und werden trotzdem verurteilt. Männer können machen, was sie wollen, und alle lieben sie. Was für ein misogyner Scheiß.«

»Woher kennst du denn solche Wörter?«

Sie war die Einzige, die zu mir hielt.

Als ich an dem Abend von der Party nach Hause kam, hatte sie schon geschlafen, aber das Gezeter im Wohnzimmer hatte sie geweckt.

Später, als ich mich in den Schlaf geweint habe, war sie in mein Zimmer gekommen und neben mir ins Bett gekrochen. Früher habe ich sie oft nervig gefunden, weil sie immer alles haben wollte, was ich hatte, auch wenn sie noch zu klein dafür war und es kaputt machte. Inzwischen war ich froh, eine Schwester zu haben.

Ich hätte die Sache mit Gabrielle und Lucas sicher noch irgendwie geradebiegen können - sie waren meine besten Freunde, sie mussten irgendwann wieder mit mir sprechen, oder nicht? Wenn nicht kurz darauf auch noch die Sache auf dem Sportplatz passiert wäre.

Es war am Donnerstag während der letzten beiden Stunden, Doppelstunde Sport. Coach Bennet wies uns an, fünf Runden um den Platz zu joggen, und verzog sich mit seinem Klemmbrett auf die Tribüne. Jeder wusste, dass er dahinter sein Smartphone versteckte und Fortnite zockte. Der Deal war, dass wir ihn nicht störten und er uns nicht, und alle waren zufrieden.

Wir trabten also los, aber die meisten ließen sich gleich hinter der ersten Kurve einfach ins Gras fallen.

Ich setzte mich abseits von den Grüppchen und wusste nichts mit mir anzufangen. Es war ein sonniger Tag, aber der Boden war noch kühl unter meinen Fingern und erinnerte mich daran, dass die kalte Jahreszeit noch nicht ganz überstanden war.

Lasst euch von Sonnenschein in Michigan nicht täuschen, hier kann es selbst im April nochmal schneien. Als ich so dasaß und nachdenklich mit den Grashalmen spielte, kamen Lucas und Gabrielle auf mich zu. Mein Herz klopfte schneller. Sie blieben stehen, sahen mich an, und ich stand auf.

Gabrielle knetete nervös ihre Finger.

»Hi«, sagte ich. Meine Stimme war rau, weil ich sie so lange nicht benutzt hatte.

»Hi«, antwortete Gabrielle zögernd. Sie klang zurückhaltend, aber immerhin nicht feindselig. Hoffnung machte sich in mir breit.

»Hör mal, Gabrielle, das mit Samstag ...«, sagte ich. »Du musst mir glauben, es war nicht so, wie es aussah, wirklich.«

Die Worte kamen immer schneller, sie hatten sich so lange angestaut und wollten nun alle auf einmal raus.

Gabrielles Augen glänzten. Und war da ein winziges Lächeln auf Lucas Gesicht? Ich würde es nie erfahren, denn in diesem Moment kam das Footballteam angejoggt, an der Spitze John Wheeler. Als sie mich sahen, pfiffen und johlten die Jungs und John kam zu mir herüber, die Hände in den Hosentaschen.

»Hey Zoe«, sagte er und lächelte mich an. Gabrielle wich zurück. Lucas verschränkte die Arme vor der Brust.

»Was willst du?«, fuhr ich John an.

»Können wir reden?«

»Ich unterhalte mich hier«, sagte ich kühl.

»Vergiss es, Zoe, du bist offensichtlich beschäftigt mit deinem neuen Freund.«

Lucas funkelte mich wütend an und zog Gabrielle mit sich.

»Das hast du ja toll hingekriegt«, fauchte ich John an.

Er sah sich um. Wir waren außer Hörweite der anderen, aber natürlich schauten alle zu uns herüber. John senkte die Stimme.

»Hör mal, Zoe, wegen der Party und so … Ich mag dich, okay? Ich meine, ich kenne dich nicht wirklich, aber du wirkst nett. Es tut mir leid, was da gelaufen ist und dass du jetzt denkst ... Also, es ist so, ich bin gerade erst aus einer Beziehung raus, du weißt ja, ich und Charisse -«

Er brach ab und warf einen Blick zum Geräteschuppen, in dessen Schatten Charisse und ihre Clique saßen.

Charisse hielt den Blick eisern auf ihr Handy gerichtet, aber ich war sicher, dass sie uns unter ihren falschen Wimpern beobachtete. John räusperte sich.

»Jedenfalls, ich bin noch nicht bereit für was Neues. Ich will dir da keine falschen Hoffnungen machen. Sorry.«

Er war so ein arroganter Arsch.

»O mein Gott, John, ich stehe nicht auf dich!«, rief ich lauter als beabsichtigt. »Ich mache mir überhaupt keine Hoffnungen! Ich will nur, dass du mich in Ruhe lässt!«

»Was? Aber wir hatten doch-«

»Wir hatten gar nichts! Nichts! Da lief nichts an dem Abend!«

»Echt jetzt? Wir haben nicht ...? Aber wieso hatten wir dann nichts an? Hilf mir auf die Sprünge, ich habe echt `nen Filmriss und ich habe die Videos gesehen ...«

»Vielleicht solltest du nicht so viel trinken und rauchen«, sagte ich eisig. »Ich habe mein T-Shirt ausgezogen, weil ich einen Fleck rauswaschen wollte. Ich habe nicht gesehen, dass du auch im Raum bist. Und du hast die Hose ausgezogen, weil du betrunken warst und dir das Knie gestoßen hast. Das ist alles.«

»Echt jetzt?«

Ein erleichtertes Grinsen breitete sich auf seinem Gesicht aus. Er atmete aus.

»Puh, okay. Danke, Zoe. Ich bin normal nicht der Typ, der einfach mit Mädels im Bad verschwindet, weißt du. Ich wollte nicht, dass du das falsch verstehst.«

Vielleicht war er doch kein Arsch. Es war eigentlich ganz süß, wie ernst er nahm, dass er vielleicht meine Gefühle verletzt hatte. Ich legte meine Hand auf seine Schulter.

»Schon okay, mach dir keine Gedanken um mich. Du hast mir nicht das Herz gebrochen oder so. Aber stell bitte klar, dass da nichts lief. Es nervt echt, dass alle tratschen, und ich habe deswegen Stress mit meinen Freunden.«

John sah betreten drein. Er schabte mit dem Fuß im Gras.

»Naja, es ist so …«

Sein Blick huschte wieder zu der Gruppe vor dem Geräteschuppen.

»Ich finde die Gerüchte gar nicht so schlecht.« Er wich meinem ungläubigen Blick aus.

»Charisse ist mega eifersüchtig. Sie hasst dich, sie kann nicht glauben, dass ich schon über sie hinweg bin. Sie hat mich seitdem immer wieder angerufen. Ich könnte da nochmal eine Chance haben ... Also vielleicht kannst du einfach so tun, als ob wir ...«

Wie bitte?

Ich korrigiere: er war ein riesen Arsch. Ich ließ ihn stehen und marschierte davon, aber Lucas und Gabrielle waren schon weg.

Eine Woche später machte ich nach dem Abendessen - Hackbraten mit den hoffentlich letzten Sonderangebotskartoffeln - gerade den Abwasch, als es klingelte. Ich hatte das Gefühl, Mom hatte absichtlich noch mehr Töpfe als sonst benutzt. Sklavendienste im Haushalt gehörten bei uns zum Hausarrest.

»Kannst du aufmachen?«, rief ich über die Schulter ins Wohnzimmer. Meine Hände waren nass und schaumig und ich erwartete sowieso nicht, dass der Besuch für mich war, auch wenn ein winziger Hoffnungsschimmer blieb, es könnten Lucas oder Gabrielle sein, die nochmal über alles reden wollten.

Jonie reagierte nicht. Sie schaute ihre Lieblingsserie und wenn die lief, war sie außerhalb der Werbepausen nicht ansprechbar.

Seufzend legte ich das Geschirrtuch weg und ging zur Tür. Davor stand der bestaussehende Junge, den ich je gesehen hatte. Er war einen Kopf größer als ich, hatte dunkelblonde Haare, hohe Wangenknochen und leuchtend grüne Augen.

Unter seinem dunklen Strickpulli zeichnete sich eine muskulöse Brust ab. Er ging auf keinen Fall auf meine Schule, er wäre mir garantiert aufgefallen. Und ich konnte mir auch nicht vorstellen, dass sich irgendein Mädchen noch nach John Wheeler oder einem anderen Footballspieler umdrehen würde, wenn dieser Junge in der Nähe war.

»Hi«, sagte er mit tiefer, melodischer Stimme. »Bist du Zoe Marlow?«

Das musste ein Traum sein. Es passierte ja wohl nicht im echten Leben, dass ein Typ wie ein Filmstar an meiner Tür auftauchte und nach mir fragte. Ich begriff, dass er eine Antwort erwartete und ich ihn nur anstarrte.

»Ja, ähm, hi. Bin ich.«

O Mann, wieso klang meine Stimme auf einmal so hoch? Und wieso nur hatte ich mich nach der Schule umgezogen und jetzt diese verwaschene Jogginghose an? Zugegeben, sie war bequem, aber kein bisschen vorteilhaft und sie hatte ein Loch am linken Bein.

»Ich bin Ryan Parker von der Franklin Academy. Wir haben dir vor einer Weile einen Brief geschickt und du hast nicht geantwortet.«

Ich löste den Blick von seinem Gesicht und erkannte, dass er dieselbe elegante Schuluniform trug wie die

Jugendlichen auf dem Flyer, über den ich mit Gabrielle und Lucas auf dem Schulhof gelacht hatte. Es fühlte sich an, als wäre das in einem früheren Leben passiert.

»Du hast den Brief doch bekommen, oder?«, fragte er stirnrunzelnd.

»Ähm, ja, schon, ich dachte nur -«, stammelte ich. Diese Sache hatte ich geistig schon ewig abgehakt. War da etwa doch was dran?

»Ich habe das für einen schlechten Scherz gehalten, vielleicht von meinem Bruder oder so ...«

»Wie kommst du darauf?«, fragte er erstaunt.

Okay, das wurde jetzt peinlich, aber ich musste es ihm sagen. Ich hätte es mir auch gleich denken können, dass jemand wie er nicht für jemand wie mich hergekommen war.

»Naja, ich weiß überhaupt nicht, was ihr von mir wollt. Ich bin nicht gut in der Schule. Ich mache keine spannenden Wahlfächer und ich kriege ständig Ärger. Manchmal schwänze ich Amerikanische Geschichte. Gerade habe ich Hausarrest, weil ich mich auf eine Party geschlichen und mit meiner besten Freundin geprügelt habe, und das nur wegen diesem Idioten John Wheeler.«

Ich schüttelte den Kopf bei der Erinnerung daran.

»Ist ja auch egal. Jedenfalls bin ich niemand, dem man ein Stipendium gibt. Du kannst wieder gehen, du hast die falsche Person.«

Ryan sah mich prüfend an. Seine Augen blitzten bei meiner Rede abenteuerlustig auf. Sie waren wirklich außergewöhnlich grün.

»Das glaube ich nicht. Ich habe nie die falsche Person.«

Er grinste, als amüsiere er sich über einen geheimen Witz, den ich nicht verstand, und Grübchen bildeten sich in seinem Kinn.

»Glaub mir, du bist genau die, die wir gesucht haben. Vielleicht musst du dich etwas zügeln, Prügeleien sehen sie da nicht so gern. Aber ich bin sicher, das ist genau der richtige Ort für dich.«

Er lächelte mich an und mein Herz schlug schneller. Das war alles so abwegig. Ich schüttelte den Kopf.

»Sorry, aber ich denke, du solltest besser gehen. Du verschwendest hier deine Zeit und meine auch.«

Ich wollte die Tür zuziehen, aber er schob blitzschnell seinen Fuß dazwischen.

»Hey, willst du mich etwa loswerden? Was hast du denn für große Pläne für den Abend? Entschuldige, lass dich nicht aufhalten von mir.« Spöttisch musterte er mein Outfit.

Ich überlegte, wie fest ich die Tür zuziehen musste, um seinen Fuß abzutrennen. Er sah mich an und grinste, zog sich aber vorsichtshalber ein Stück zurück.

»Mit dir werden wir ja viel Spaß haben«, sagte er, mehr zu sich selbst. »Glaub mir, Zoe. Dieser Brief war für dich, niemand sonst. Du hast Talente, die unsere Schule sucht. Und unsere Schule kann dir Dinge beibringen, die du nirgendwo anders lernst.«

Ich schnaubte. »Was für Talente sollen das sein?«

Er sah mich herausfordernd an. Seine Augen bohrten sich in meine. Dann beugte er sich vor und flüsterte in mein Ohr:

»Komm mit mir auf die Franklin Academy und finde es heraus.«

Kapitel 6

Jonie sollte eigentlich Hausaufgaben machen und ich sollte eigentlich meinen Koffer packen, aber stattdessen hingen wir auf meinem Bett herum und schauten YouTube-Videos auf meinem Handy, das sich alle paar Minuten aufhängte.

In einem fuhr eine Katze auf Rollschuhen. Sie war ziemlich gut und konnte es sogar rückwärts - und Jonie fand es zum Totlachen.

»Hast du das gesehen?«, prustete sie. »Genial! Denkst du, das können wir Truman beibringen?«

Sie klickte auf das nächste, in dem ein Hund in einer geblümten Schürze Kuchen backte. Als er mit der Tasse in der Schnauze Mehl abwog und mit der Pfote ein Ei gegen den Schüsselrand schlug, ließ Jonie vor Lachen das Handy fallen.

Ich betrachtete sie lächelnd. Sie war groß und dünn und sah noch aus wie ein Kind mit ihren vielen Sommersprossen auf der Stupsnase, aber darunter sah ich schon den Teenie schlummern, bereit, hervorzubrechen und aus meiner süßen Schwester eine launische Zicke zu machen wie die meisten Mädels in meiner Schule. Nicht mehr lange und sie würde sich für Jungs und Make-Up interessieren statt für Harry Potter und Katzenvideos.

War es wirklich eine gute Idee, gerade jetzt auf ein Internat zu gehen und so viel Zeit mit ihr zu verpassen?

»Was guckst du so?«, fragte Jonie.

»Nichts«, sagte ich schnell. »Du bist so groß und hübsch, das ist alles.«

Sie streckte mir dic Zunge raus.

»Und du hast da einen Pickel am Kinn. Ist voll auffällig.«

Das beendete meinen Moment großer Geschwisterliebe.

Sobald ich mich entschieden hatte, tatsächlich die Schule zu wechseln, gab es viel zu tun. Sie schickten mir einen Stapel Papierkram zum Ausfüllen. Ich musste sämtliche Zeugnisse meiner Schullaufbahn einreichen, selbst die aus der Grundschule. Dad musste sie im Keller suchen. Und Mom vermaß mich von Kopf bis Fuß, um meine Schuluniform zu bestellen.

Nur von Ryan Parker hörte ich nichts mehr.

Ich war fast ein wenig enttäuscht, aber ich schätzte, seine Arbeit hier war getan und wir würden uns an der Akademie sowieso früher oder später über den Weg laufen.

Eine Frau aus dem Sekretariat rief an und wollte wissen, ob ich noch Fragen hatte. Mom sah mich auffordernd an, aber obwohl mir sonst den ganzen Tag der Kopf schwirrte, fiel mir in diesen Moment nichts ein. Ich schüttelte den Kopf und Mom teilte es der Sekretärin mit.

»Sie sagt, du kannst dich bei ihr melden, wenn dir noch etwas einfällt«, sagte Mom, nachdem sie aufgelegt hatte. »Hier, das sind ihre Kontaktdaten.«

Sie reichte mir einen Zettel, auf dem sie sich Notizen gemacht hatte: Eliza Nolan, darunter eine Telefonnummer und E-Mail-Adresse.

»Okay, danke.«

Ich wandte mich wieder dem Ordner mit Schulregeln zu, über dem ich gerade am Küchentisch brütete. Es war keine große Überraschung, aber diese Schule war viel strenger als meine alte.

»Das komische Auto ist wieder da«, sagte Jonie. Sie löffelte neben mir einen Schokopudding und spähte aus dem Fenster.

Ich folgte ihrem Blick.

In der Einfahrt der Johnsons stand ein schwarzer Geländewagen mit verspiegelten Scheiben, den ich noch nie gesehen hatte.

»Hör auf, die Nachbarn auszuspionieren«, schimpfte Mom. »Vielleicht haben sie Besuch.«

»Das gleiche Auto stand gestern nach meiner Theaterprobe vor der Schule. Ich habe einen Stalker.« Theatralisch warf sie ihr Haar über die Schulter. »So geht es uns Schauspielerinnen. Es ist Teil unseres Lebens im Ruhm.«

Ich verdrehte die Augen.

»Realitäts-Check: Du spielst eine Nebenrolle im Schultheater.«

Jonie schmollte.

Ich blätterte die Seite um. Ich musste unterschreiben, dass ich immer pünktlich zu den Mahlzeiten in den Speisesaal kommen, während der Unterrichts- und Studierzeiten kein Handy benutzen und mit niemandem außerhalb darüber sprechen würde, was ich in der Schule lernte.

Dad sah mir über die Schulter. »Das ist ja seltsam. Warum verlangen sie so etwas von dir?«

»Vielleicht haben sie Geheimtipps, wie man in Eliteunis kommt, und wollen nicht, dass das die Runde macht«, riet Mom unbekümmert.

»Also, ich finde das komisch. Vielleicht sollten wir nachfragen, was das soll.« Er kratzte sich am Kinn und sah unschlüssig zum Telefon.

Aber ich wollte einfach nur weg von der Boswell High und da meine sogenannten Freunde sowieso nicht mit mir sprachen, hatte ich kein Problem, diese merkwürdige Schweigeregel einzuhalten. Ich setzte schwungvoll meine Unterschrift unter das Dokument und Mom steckte den ganzen Stapel in ihre Handtasche, um es am nächsten Tag zur Post zu bringen.

Kurz darauf wurde meine Schuluniform geliefert, das, wovor es mir am meisten gegraut hatte. Sie kam in dreifacher Ausführung - drei Röcke, drei dunkelblaue Strickjacken mit dem Schulwappen auf der Brust, drei jagdgrüne Pullunder, von denen es hieß, man konnte sie nach Belieben im Wechsel mit den Jacken tragen, und drei weiße Blusen mit gestärktem Kragen, in den in winzigen, dunkelroten Lettern das lateinische Schulmotto eingestickt war: *Non exiguum temporis habemus, sed multum perdidimus.*

Ich machte eine geistige Notiz, das später in einen Online-Übersetzer einzugeben. Jonie bestand darauf, dass ich sie gleich anzog. Sie hing über der Sofalehne und klatschte in die Hände.

»Na los, Modenschau!«, rief sie.

»Ja, lass mal sehen, wie sie dir steht!«, sagte Mom erwartungsvoll. »Ich kann auch noch etwas daran ändern, wenn es nötig ist.«

Selbst Dad, der am Küchentisch Zeitung las, blickte interessiert auf. Mom ging ihr Nähkästchen holen, während ich mich widerwillig umzog. Die Kleidung fühlte sich ein wenig kratzig an und roch fremd, nicht nach dem fruchtigen Weichspüler, den Mom immer für unsere Wäsche benutzte.

Ich drehte mich vor dem Spiegel im Flur, während Mom mich musterte und mit Sicherheitsnadeln in der Hand umrundete. Jonie kugelte sich vor Lachen.

»O Mann, Zoe, du siehst aus wie eine Stewardess!«

Sie verstellte die Stimme und näselte: »Kann ich bitte einen Tomatensaft haben, mit Salz und Pfeffer?«

»Was für ein Akzent soll das denn sein?«, schnaubte ich.

»So reden die Leute in Flugzeugen!«

»Du musst es ja wissen.«

Wir waren natürlich beide noch nie geflogen.

Himmel, ich hatte noch nicht einmal den Bundesstaat verlassen, obwohl Mom und Dad immer mal wieder davon gesprochen hatten, Onkel Harold in Kalifornien zu besuchen. Flugtickets für uns alle waren nicht gerade billig und so wurde aus irgendwann nie, wie das halt immer so war.

Unsere Sommer verbrachten wir stattdessen im Zelt am Lake Michigan, und das war auch okay. Ich war eine Naschkatze und für alles zu haben, was eine Packung Marshmallows und ein knisterndes Lagerfeuer beinhaltete.

Jonie schoss Fotos mit ihrem Handy und schickte sie an Del. Ich stöhnte bei meinem Anblick. Der Rock fiel streng bis über die Knie und der steife Kragen der Bluse kitzelte am Kinn. Ich sah aus wie eine Streberin, jemand aus dem Schachclub oder der Schülervertretung, mit einem Einser-Notendurchschnitt und einer Jahreskarte für die Stadtbibliothek. Definitiv nicht wie ich.

»O Gott, das kann ich unmöglich tragen«, jammerte ich.

»Schätzchen, du siehst wunderschön aus!«, widersprach Mom. »So schlau und erwachsen!«

Glitzerten da etwa Tränen in ihren Augen? Ich war nicht sicher und sie hatte sich bereits weggedreht, um mit geübten Handgriffen Nadeln in den Stoff zu stecken.

»Halt still, Zoe, sehr gut. Den Rock werde ich ein wenig kürzen, nur zwei, drei Zentimeter, dann fällt er schöner. Die Bluse sitzt gut ... Soll ich an der Jacke etwas ändern?«

Sie strich bewundernd über den Stoff.

»Das ist wirklich eine tolle Qualität.«

Jonies Handy vibrierte. Sie warf einen Blick darauf und kicherte. Ich vermutete, dass Del etwas Fieses über mein Outfit gesagt hatte, aber wollte es gar nicht so genau wissen.

»Die Jacke passt so«, bestimmte ich, und konnte es gar nicht erwarten, wieder in meine normale Kleidung zu schlüpfen.

Ich hatte mich lange davor gedrückt und mir von Mom auch einiges deswegen anhören dürfen, aber am Sonntag musste ich dann doch endlich meinen Koffer packen. Ich drehte meine Lieblings-Rockband voll auf, holte alle T-Shirts, Hosen und Pullover aus dem Schrank und breitete sie auf dem Bett aus.

Es waren gar nicht so viele; ich hatte nie groß Geld zum Shoppen gehabt. Das kam mir jetzt zugute. Fast alles, was ich besaß, passte in Dads alten, braunen Lederkoffer.

Trotzdem nahm ich jedes einzelne Teil in die Hand und überlegte, ob es gut genug war, um mich darin an der neuen Schule sehen zu lassen.

Die anderen Kids mussten absurd reich sein, um sich diese horrenden Schulgebühren leisten zu können. Wie sollte ich da mithalten? Diese schnöden Schuluniformen hatten also auch ihren Vorteil.

In der Akademie war das Tragen der Uniform Pflicht vom Frühstück bis zum Abendessen, außer an Wochenenden, wo sie nur zum Abendessen getragen werden musste. Es würde zumindest nicht gleich auffallen, dass ich nicht mit teuren Designerklamotten aufwarten konnte, aber wenn ich Ryan Parker das nächste Mal begegnete, wollte ich nicht wieder in meiner ältesten Jogginghose stecken.

Ich sah mich in meinem Zimmer um. Was sollte ich noch mitnehmen? Was würde ich am meisten vermissen? In meiner Familie war Jonie die sentimentale Sammlerin, nicht ich. Ihr Zimmer war voll von Sachen wie Geburtstagskarten und Schneekugeln und Steinen, die sie bei Familienausflügen gefunden hatte. In meinem Zimmer gab es nichts dergleichen, mir fehlte für so was einfach die Geduld.

Am Ende wählte ich mein flauschiges pinkes Kissen, die Kissen an der Schule konnten unmöglich so bequem sein wie dieses.

Dazu das Taschenmesser, das mein Großvater mir gegen den Willen meiner Mutter zum zehnten Geburtstag geschenkt hatte. Sie hatte mich gedrängt, es zurückzugeben, weil sie es viel zu gefährlich fand, aber ich hatte es immer noch. Das war Opas und mein Geheimnis.

Außerdem ein gerahmtes Foto von unserer Familie. Es hatte lange Zeit im Bücherregal im Wohnzimmer gestanden und Mom hatte immer wieder gesehen, wie ich es herausnahm und betrachtete, bis sie es mir schließlich geschenkt hatte. Es war ein paar Jahre alt, aus einer Zeit, als Del noch hier gewohnt hatte. Ich musste darauf so alt sein wie Jonie jetzt und sie war noch in dem Alter von rosa Schleifen im Haar und T-Shirts mit Pferdemotiven. Wir hatten die Arme umeinander gelegt und lachten in die Kamera. Ich hatte meine Eltern nicht mehr so unbeschwert gesehen, seit Del abgehauen war.

Und zu guter Letzt die Einladung zu Gabrielles sechzehntem Geburtstag. Ich nahm sie aus einem Impuls heraus von der Pinnwand über meinem Schreibtisch. Es versetzte mir einen Stich, an Gabrielle und Lucas zu denken, aber ich konnte auch nicht ohne ein Erinnerungsstück an die beiden gehen. Das hätte sich angefühlt, als hätte ich unsere Freundschaft endgültig abgeschrieben. Ich schob die Karte zwischen meine Hosen und T-Shirts.

Ich wollte sie dabeihaben, aber jetzt nicht mehr sehen.

Ich hatte nicht bemerkt, dass er ins Zimmer geschlüpft war, aber plötzlich sprang Truman auf mein Bett und machte es sich mitten im Koffer bequem.

»Was, willst du etwa auch mit?«

Er maunzte zustimmend und schnüffelte neugierig an meiner Uniform, wo er ein paar orange Haare auf dem schicken Pullunder hinterließ. Ich kraulte ihm den Kopf.

»Sorry, Kumpel, aber das geht nicht. Hier ist es bestimmt sowieso schöner. Na komm, raus da.«

Truman gähnte unbeeindruckt, rollte sich auf dem Kleiderberg zusammen und schlief ein.

An diesem Abend lag ich im Bett und starrte an die Decke, an der noch diese Plastik-Leuchtsterne klebten, die ich als Kind unbedingt haben wollte. Später hatte ich mal versucht, sie abzumachen, aber sie klebten zu fest und ich hatte es aufgegeben. So leuchteten sie mich weiter jeden Abend in den Schlaf, als wäre ich noch ein kleines Mädchen. Irgendwie mochte ich es. Morgen Abend würde ich an eine leere Decke blicken. Wie sahen die Zimmer an der Franklin wohl aus?

Plötzlich schnürte sich meine Kehle zu.

Was machte ich hier? Meinen Koffer packen, diese dumme Uniform bügeln, mich von meiner Familie verabschieden - was sollte das? Dieser Brief war nie für mich bestimmt gewesen, genauso wenig wie Ryans Gerede über Fähigkeiten. Offensichtlich handelte es sich um einen Computerfehler, oder jemand im Sekretariat hatte die falsche Anschrift herausgesucht.

Bestimmt saß jetzt irgendwo ein perfektes Mädchen in einem perfekten Zimmer, übte Klavier oder stimmte ihr Cello oder paukte Chinesischvokabeln und wartete sehnsüchtig auf Post von der Akademie. Es gab nichts, was ich dieser Schule bieten konnte, und es war nur eine Frage der Zeit, bis sie das auch sahen. Würden sie sehr sauer sein, wenn sie erkannten, dass ich eine Betrügerin war?

Ich sprang aus dem Bett, eilte zu meinem Schreibtisch und schaltete den Laptop ein. Während er quälend langsam hochfuhr, wühlte ich auf meinem Schreibtisch, bis ich den Notizzettel mit der E-Mail-Adresse der Sekretärin fand.

Mein Herz klopfte bis zum Hals. Ich musste das beenden, jetzt sofort. Als sich die Seite aufgebaut hatte, loggte ich mich in mein E-Mail-Konto ein und begann zu schreiben.

Sehr geehrte Frau Norris,

danke für das Angebot mit dem Stipendium und so. Ich habe nachgedacht und will gar nicht auf die Franklin Academy gehen. Ich glaube, Sie haben das falsche Mädchen und sollten …

Ich hielt inne, um nachzudenken, wie ich es formulieren sollte. Dabei fiel mein Blick auf die Pinnwand und ein Foto vom letzten Sommer. Lucas hatte es geschossen. Gabrielle und ich versuchten diese Sache, wo man eine Haarsträhne über die Oberlippe legte, nur dass Gabrielles Locken ständig davonsprangen.

Wir hatten es einfach nicht hinbekommen und uns darüber schlapp gelacht. Gabrielle wollte, dass wir die Bilder alle löschten, aber ich hatte dieses eine behalten und entwickeln lassen. Da hing es jetzt, schaute mich hämisch an und erinnerte mich an alles, was ich verloren hatte.

Was für eine Wahl hatte ich, wenn ich ehrlich war? Nicht auf die Franklin zu gehen, bedeutete, an der Boswell High zu bleiben, wo meine Freunde mich wie Luft behandelten und sich alle anderen das Maul darüber zerrissen, was ich alles mit John Wheeler im Badezimmer gemacht hatte.

Nein, da schlüpfte ich lieber in diese kratzige Nonnenkluft und spielte eine Weile die schlaue Musterschülerin. Vielleicht konnte ich mich irgendwie bis zum Schuljahresende durchmogeln, und wenn ich nach den Sommerferien an die Boswell zurückkehrte, war hoffentlich Gras über die Sache gewachsen.

Ich klappte den Laptop zu, ohne ihn ordentlich herunterzufahren, und schlüpfte zurück ins Bett. Ich zwinkerte meiner Sternendecke zu. Ich hatte einen Plan.

Kapitel 7

Dad bestand darauf, mich am Montagmorgen zur Franklin Academy zu fahren, auch wenn wir dafür viel früher als sonst aufbrechen mussten, weil wir im Berufsverkehr ans andere Ende der Stadt mussten. Ich war insgeheim froh darüber. Den Koffer in öffentlichen Verkehrsmitteln durch die ganze Stadt zu wuchten, war sicher kein Spaß, und ich wollte so lange wie möglich ein bekanntes Gesicht um mich haben.

»Ich will auch mit!«, bettelte Jonie. »Bitte, Daddy, ich will mich auch von Zoe verabschieden.«

»Du kannst dich doch hier verabschieden«, sagte Mom. »Du kommst sonst nicht rechtzeitig zur Schule. Jetzt iss bitte dein Müsli.«

Jonie schmollte und obwohl sie aufgrund ihres Nesthäkchen-Bonus meist bekam, was sie wollte, ließen sich unsere Eltern diesmal nicht erweichen. Also stand ich nach einem schnellen Frühstück, bei dem ich nichts runterbekam, auf und umarmte sie fest.

»Ich werde dich vermissen«, flüsterte ich.

»Ich dich auch. Ich kann nicht fassen, dass du mich mit ihnen hier allein lässt.«

»Jonie, wir können dich hören!«, sagte Mom, doch sie klang amüsiert.

»Schreibst du mir?«, fragte Jonie.

»Natürlich«, versicherte ich.

»Und rufst du mich auch mal an?«

»Jeden Tag, wenn du willst.«

»Will ich! Außer Dienstag und Donnerstag, da habe ich Theaterprobe. Du kommst doch zu meiner Aufführung, oder?«

Ich drückte ihre Hand.

»Auf jeden Fall. Das lasse ich mir nicht entgehen. Der Termin steht ganz dick in meinem Kalender.«

Jonie strahlte.

Dad trug meinen Koffer zur Haustür und Mom und Jonie folgten uns.

»Also, Schatz, jetzt geht's los!«, sagte Mom und wischte sich die schaumigen Hände an der Schürze ab. Sie klang ein wenig nervös und legte einen Arm um mich.

»Lern viel und hab Spaß dort. Sei brav, halte dich an die Regeln. Das ist eine großartige Chance für dich, verspiele sie nicht. Und lass ab und zu von dir hören.«

Ich dachte an meinen Plan von gestern Abend und fühlte mich schlecht. Ich hatte nicht vor, an dieser Schule eine akademische Karriere hinzulegen und irgendwelche Chancen zu nutzen. Ich wollte einfach nur die Zeit überbrücken, bis ich dahin zurückkehren konnte, wo ich hingehörte. Aber Mom sah so erwartungsvoll und stolz aus, dass ich es nicht übers Herz brachte, ihr das zu sagen. Ich wählte meine Worte sorgfältig, um weder falsche Hoffnungen zu wecken noch zu lügen.

»Ich bin brav und halte mich an die Schulregeln«, versprach ich. »Und ich werde euch vermissen.«

»Gruppenumarmung!«, rief Jonie, und wir lachten und legten die Arme umeinander und drückten uns fest.

Als ich ins Freie trat, hatte ich die absurde Hoffnung, Lucas und Gabrielle könnten vorbeikommen und mich verabschieden. Vielleicht bei dieser Gelegenheit sogar sagen, wie leid ihnen alles tat, und ob wir das Ganze bitte einfach vergessen könnten und ich mit ihnen zurück an unsere Schule kam? Im Film wäre das so passiert, untermalt von kitschiger Orchestermusik, aber im echten Leben natürlich nicht. Unsere Straße war leer bis auf das schwarze Auto von Jonies angeblichem Stalker, das gerade langsam am Haus der Harrisons vorbeifuhr. Dad bemerkte meinen Blick, aber deutete ihn falsch. Er drückte mich.

»Es ist okay, wenn du anfangs Heimweh hast«, sagte er und hievte den Koffer ins Auto. »Aber es wird dir guttun, hier mal raus zu kommen, du wirst schon sehen. Und wir sind immer nur einen Anruf entfernt.«

Ich nickte.

Der Verkehr in der Stadt war eine Katastrophe, die Straßen waren voll mit Pendlern auf dem Weg zur Arbeit und wir krochen in einem ständigen Stop-and-Go unserem Ziel entgegen.

Dad gab gerade kräftig Gas, um es noch über eine orange Ampel zu schaffen, als ich ein Ziehen im Magen spürte.

Mir wurde schwindelig, ich hielt mich am Türgriff fest und schloss die Augen. Eine Sekunde später stand ich in einem fremden, dunklen Raum.

Es war ein Klassenzimmer, vermutlich im Keller, denn es war düster, kühl und es gab keine Fenster. Lange Tischreihen blickten auf ein Pult, von wo aus der Lichtkegel einer Schreibtischlampe auf eine schwarze Wand mit mathematischen Formeln und eine Vielzahl Uhren fiel.

Winzige Taschenuhren, elegante Sanduhren und riesige Bahnhofsuhren zeigten unterschiedliche Zeiten an.

Der Raum war leer bis auf zwei Menschen: ein Lehrer machte gerade eine Schülerin zur Schnecke. Grimmig lief er vor ihr auf und ab, auf einen hölzernen Gehstock gestützt, der unheilvoll auf dem Steinboden klackte. Sie trug die Schuluniform, also musste ich mich an der Franklin Academy befinden. Hastig drückte ich mich in den Schatten und betete, dass die beiden mich nicht bemerkten. Der Mann schien nicht in der Stimmung für Überraschungsbesuche. Ich duckte mich hinter einen Stuhl.

Meine Gedanken rasten. Hatte Dad schon bemerkt, dass ich weg war? Wie lange musste ich hier bleiben? Letztes Mal hatte es nur ein paar Minuten gedauert. Gab es für so was Regeln? Was, wenn ich gar nicht mehr zurück kam? Konnte das passieren, dass man feststeckte?

Mein Name fiel und ich zuckte zusammen. Mit klopfendem Herzen lugte ich aus meinem Versteck hervor.

Der Mann hatte silberne Haare, eine lange Hakennase und ein knochiges Gesicht. Das Mädchen ... Ich musste zweimal hinsehen, denn in der Schuluniform hätte ich mich fast nicht erkannt, aber ja, das war ich. Ich sah ängstlich und erschrocken aus. Was hatte ich angestellt, dass der Kerl so sauer auf mich war?

Er donnerte mit dem Stock auf das Pult, dass die Lampe wackelte und ein Stapel Papier zu Boden segelte.

»Verdammt, ich weiß nicht, was du dir dabei gedacht hast, Zoe! Das hier ist kein Spiel, verstehst du das nicht? Du hast einflussreiche Leute verärgert. Dafür haben wir dich nicht hergeholt!«

Mein anderes Ich sah blass aus. Ihre Lippe bebte.

»Es tut mir leid, ich dachte nicht -«

»So, hier sind wir, Zoe«, drang Dads fröhliche Stimme an mein Ohr, und plötzlich war ich zurück auf dem Beifahrersitz.

Ich blinzelte in das helle Sonnenlicht und brauchte einen Moment, um mich zu orientieren. Das monotone Brummen des Motors hatte aufgehört und durchs Fenster sah ich hohe Steinmauern, ein schmiedeeisernes Tor und in der Ferne das rote Backsteingebäude der Franklin Academy.

»Schaffst du den restlichen Weg allein? Ich bin spät dran, es war so viel Verkehr. Tut mir leid, ich wollte dich gerne noch rein begleiten, aber ich muss gleich im Büro sein.«

Er schielte nervös auf die Uhr auf dem Armaturenbrett.

»Kein Problem«, sagte ich matt. Mein Herz raste und meine Gedanken kreisten um das, was ich gerade gesehen hatte.

»Bist du sicher? Ich komme mit, wenn du mich brauchst.«

»Nein, wirklich«, sagte ich und versuchte, entschlossen und selbstbewusst zu klingen. »Ab hier kriege ich es alleine hin. Danke fürs Fahren.«

Als ich ausstieg, schwenkten mehrere Kameras auf der Mauer herum und verfolgten mit leisem Surren jede meiner Bewegungen. Aus einem kleinen Häuschen hinter dem Tor beäugte uns ein misstrauischer Pförtner. Sie mussten Sicherheit hier sehr ernst nehmen. Dad hob den Koffer aus dem Kofferraum und umarmte mich fest zum Abschied.

»Halt die Ohren steif, meine Große. Das wird bestimmt toll hier. Und melde dich regelmäßig, sonst rasten deine Mutter und Jonie aus.«

»Klar.«

Ein schwarzer Geländewagen rauschte an uns vorbei.

War das ...?

Er hielt am Ende der Straße an einer roten Ampel.

Dad strich mir eine Haarsträhne aus dem Gesicht.

»Wir sind stolz auf dich.«

Ich sah ihm nach, wie er sich in den Straßenverkehr einfädelte und um die Kurve verschwand. Der schwarze Wagen war nicht mehr zu sehen.

Ich blieb allein zurück, mit klopfendem Herzen, feuchten Händen und tausend Fragen.

Die breite, geschwungene Kieseinfahrt zum Haupthaus war etwa zweihundert Meter lang und von Eichen flankiert. Ich geriet ganz schön ins Schwitzen, als ich Dads schweren Lederkoffer trug und die Marmortreppe hinauf wuchtete, stets den argwöhnischen Blick des Pförtners im Rücken. Bis ich die Eingangstür erreichte, brannten meine Armmuskeln und meine Bluse klebte an meiner Haut.

Das Gebäude sah wirklich genauso aus wie auf dem Flyer. Ich hielt an und machte ein Foto für Jonie. Für ein Selfie fühlte ich mich zu fertig. Ich legte die Hand auf den bronzenen Türgriff.

Okay, tief durchatmen. Es ging los. Ich war hier, ich zog das jetzt durch, ein Zurück gab es nicht.

Ich rief mir meinen Plan in Erinnerung: Mich gut benehmen, nicht auffallen. Eine Weile hier bleiben und dann zurück an meine Schule, wenn niemand mehr an Taylors Geburtstag dachte.

Der Koffer rutschte aus meiner schwitzigen Hand und platzte auf. Kleidung, Schuhe und Bücher ergossen sich auf den Treppenstufen. Wie war das mit dem nicht auffallen? Hatte ja gut geklappt.

»Kann ich dir helfen?«

Ich sah auf. Ein Junge war neben mir aufgetaucht. Er trug die Franklin-Schuluniform, hatte kurze, schwarze Haare und ein freundliches, rundes Gesicht.

»Ich bin übrigens Louis.«

Ich stand auf und strich mir die Haare aus dem Gesicht. O Gott, war das etwa meine Unterhose unter seinem linken Sneaker? Das durfte nicht wahr sein. Ich spürte, wie ich rot wurde.

»H-hi«, stammelte ich. »Ich bin Zoe.«

»Soll ich dir helfen?«

Ich wog meine Optionen ab. Wie peinlich war es bitte, mit einem Fremden meine Unterwäsche einzusammeln?

Andererseits hatte ich nicht mehr viel Zeit, wenn ich nicht gleich zu meiner ersten Schulstunde zu spät kommen wollte, und hier auf der Treppe konnte mich jeder sehen. Noch dazu verfolgte eine Kamera über der Tür jede unserer Bewegungen.

»Ja, bitte«, seufzte ich.

Gemeinsam bückten wir uns und beförderten meine Habseligkeiten zurück in den Koffer.

»Bist du neu?«, fragte Louis, während er T-Shirts stapelte.

»Ja, aber erzähle nur niemand, dass ich dir gleich am ersten Tag meine BHs gezeigt habe, sonst habe ich meinen Ruf weg«, scherzte ich lahm und stopfte besagtes Stück hastig außer Sichtweite. Louis lachte.

»Normal geht's bei mir und den Mädels nicht so schnell. Heute muss mein Glückstag sein.«

Ich grinste. Er schien ein netter Kerl zu sein.

»Wo musst du als nächstes hin?«

»Ins Sekretariat. Hast du eine Ahnung, wo das ist?«

Er stand auf und nahm mir ganz selbstverständlich den Koffer ab.

»Trifft sich gut, da muss ich auch hin! Muss schnell was abgeben. Komm einfach mit.«

Ich folgte ihm ins Gebäude. Hier war es kühl und fast gespenstisch still. Die Decken waren hoch, der Boden im Schachbrettmuster gefliest und an den Wänden hingen Ölgemälde in wuchtigen, goldenen Rahmen. Louis führte mich zwei breite Treppen hinauf und einen Gang entlang, bis er vor einer grünen Tür Halt machte.

»Hier, das Sekretariat.«

Er stellte meinen Koffer ab und warf einen Zettel in den Briefkasten neben der Tür.

»Also dann, wir sehen uns, Zoe! Viel Glück an deinem ersten Tag.«

»Danke«

Ich schluckte schwer, strich mir nervös den Rock glatt und klopfte an.

Das Sekretariat war ein großer, heller Raum, der fast nur aus zwei aneinandergeschobenen Schreibtischen bestand. Beide quollen über von Papieren, Ordnern und bunten Notizzetteln, sodass ich die schwarzhaarige Frau mit Strickjacke und Hornbrille hinter einem riesigen Bildschirm zuerst nicht sah. Sie hatte ein faltiges Gesicht und dünne Lippen und tippte wie besessen auf ihrer Tastatur. Ich musste mich räuspern, um ihre Aufmerksamkeit zu gewinnen.

»Ähm, guten Morgen?«

Sie sah auf, rollte mit ihrem Schreibtischstuhl zurück und nahm die Brille ab, die dann an einer goldenen Kette um ihren Hals baumelte. Auf dem Fensterbrett hinter ihr verkümmerte eine große, braune Topfpflanze.

»Kann ich dir helfen?«

Sie hatte einen britischen Akzent. Irgendwie passend.

»Ich denke schon. Ich bin Zoe Marlow, ich bin neu und sollte mich heute hier melden.«

Sie sah mich mit steinerner Miene an. Ich schluckte. Ich wusste es. Es war alles ein Irrtum und sie hatten keine Ahnung, was ich hier wollte.

Dann nickte sie.

»Ah, Zoe Marlow, natürlich.«

Sie musterte mich eindringlich von Kopf bis Fuß. Ich fragte mich, ob meine Bluse richtig geknöpft war, und hatte ich heute Morgen eigentlich meine Haare gebürstet? Schließlich stand sie auf und holte einen Ordner aus dem Schrank.

»Ja, ich habe dich erwartet. Du bist zu spät.«

Ich folgte ihrem tadelnden Blick zu einer laut tickenden Wanduhr.

»Nur fünf Minuten!«, hob ich zu einer Verteidigung an. »Entschuldigung«, fügte ich hastig hinzu. Ihr faltiges Gesicht entspannte sich.

»Hast du technische Geräte dabei? Unsere Schüler werden mit allem ausgestattet, was sie brauchen, deshalb sind eigene Geräte hier nicht erlaubt.«

Sie hielt fordernd die Hand auf und ich sah sie verständnislos an, bis ich begriff, worauf sie wartete. Widerstrebend zog ich mein altes Handy aus der Tasche und reichte es ihr. Sie legte es mit spitzen Fingern beiseite, als hätte sie noch nie so etwas Hässliches gesehen.

»Danke. Ich gebe das unserem IT-Team, die werden all deine Kontakte und Daten auf dein neues Gerät übertragen.«

Sie schob mir eine glänzende, weiße Schachtel entgegen. Ich nahm den Deckel ab und fand darin ein elegantes, nagelneues Smartphone. Das Display war riesig. Ich schnappte nach Luft.

»Darauf sind bereits die Nummern aller Schüler und Lehrer gespeichert«, erklärte Mrs. Nolan. »In der Schul-App auf dem Startbildschirm findest du alle wichtigen Informationen wie deinen Stundenplan, eine Karte der Schule und die Zugangscodes zu deinem Wohngebäude, dem Fitnessbereich und dem Schwimmbad. Sie werden alle zwei Tage geändert, also trage das Handy immer bei dir. Dein Zimmer ist im A-Bau, dritter Stock. Stell deinen Koffer hier ab, ich lasse ihn nach oben bringen.«

Sie blätterte in ihrem Ordner.

»Ich habe deine Leistungskurse anhand deiner bisherigen Fächer ausgewählt, aber wenn du nicht zufrieden bist, kannst du sie wechseln. Du bist Schülerin des Talentförderkurses, ihr trefft euch jeden Nachmittag im Physiksaal. Bitte beachte, dass du ohne Erlaubnis eines Lehrers das Schulgelände nicht verlassen darfst. Wenn du dich unwohl fühlst, melde dich auf der Krankenstation, und zwar bevor du das ganze Haus angesteckt hast. In deinem Zimmer findest du einen Korb, in den du deine Wäsche geben kannst, und sie wird dir am nächsten Tag gereinigt zurückgebracht. Für alle Anliegen rund um dein Zimmer erreichst du den Hausmeister unter dieser Nummer. Hast du noch Fragen?«

Sie sprach sehr schnell und ich war so überwältigt, dass ich die Hälfte schon wieder vergessen hatte. Da sie mich erwartungsvoll ansah, schüttelte ich den Kopf.

»Wunderbar. Dann fehlt nur noch deine Kreditkarte.«

Sie zog eine kleine, schwarze Karte aus einer Klarsichthülle und schob sie über den Tisch.

»Unterschreibe bitte hier, dass du sie erhalten hast und -«

»Kreditkarte?«, stieß ich ungläubig hervor.

»Natürlich. Du bist Stipendiatin, die Akademie übernimmt all deine Kosten. Mit dieser Karte kannst du online einkaufen, hier die Anleitung und PIN. Bücher, Unterrichtsmaterial, Kleidung, Schuhe, was ihr jungen Mädels heute eben so braucht. Auf dem Lageplan ist die Poststelle markiert, wo du deine Pakete abholen kannst.«

Ich starrte sie mit offenem Mund an. Meine Knie waren so weich, dass ich mich an der Tischkante festhalten musste. Sie lächelte zum ersten Mal, was ihr Gesicht in tiefe Falten warf.

»Willkommen an der Franklin Academy, Zoe.«

Fortsetzung folgt ...

Und so geht es weiter:

Zukunftsatem

Episode 2

Ungeahnter Luxus erwartet Zoe an der prestigeträchtigen Franklin Academy. Doch die Erwartungen an sie sind hoch, und nicht jeder ist über ihr Auftauchen an der Eliteschule erfreut. Nach wie vor geschehen unerklärliche Dinge, die Zoe fast in den Wahnsinn treiben - genau wie Mitschüler Ryan, der ganz klar mehr weiß als er zugeben will. Welches Geheimnis hüten die rätselhafte Physiklehrerin und ihr exklusiver Talentkurs? Und was wollen sie von Zoe?

Das alles und noch mehr erfährst du in der nächsten Episode der Franklin Academy-Serie.

ROSENROT
VERLAG

Verpasse keines der Bücher
des Rosenrot Verlags!

Melde dich jetzt für unseren Newsletter an:
http://bit.ly/RosenrotVerlagNewsletter

Alle Bücher gibt es auch bei uns im Shop unter:
www.rosenrot-verlag-shop.de

Folge uns, um keine Neuerscheinung zu verpassen:
facebook.com/rosenrot-verlag
instagram.com/rosenrotverlag